动物故事大王马文秋
奇趣自然大冒险系列

愤怒的黑长臂猿

马文秋 / 著

浙江教育出版社·杭州
ZHEJIANG EDUCATION PUBLISHING HOUSE

书写生命传奇

早在人类出现以前，大大小小的野生动物就生活在我们这个蓝色的星球上，但如今它们的数量已经很少，只有在一些人迹罕至的地方，才能找到它们顽强而自由的身影。野生动物的世界是一个隐秘而独立的世界，卑微却不失尊严，延续着生命的传奇。

本书的作者对神奇的大自然产生了浓厚的兴趣，怀着神圣的使命感走进大自然，接触到了众多充满灵性的原生态的生命，并把所见所闻写成生动有趣的故事。可以说，作者为我们打开了一扇了解野生动物的大门。黄河源头、祁连山、念青唐古拉山、柴达木盆地、贵州苗寨、舟山群岛、巴丹吉林沙漠、云南密林、木孜塔格山、察隅河谷、武夷山、神农架林区、南海荒礁、九万大山、内蒙古草原、塔里木河、小五台山、怒山、黎母岭、他念他翁山、库木库勒盆地……都留下了作者探索和探险的足迹。

这种用生命写作、为生命而写作的精神，令我颇感欣慰。

这套书分五册，有近百个故事，描写的动物种类相当多。翻开其中一本，粗略算下，就涉及了缅甸蟒、金猫、藏狐、雪豹、蒙古野驴、黑麂、骆驼、狗獾、黑熊、水獭、虎头海雕、紫貂、马鹿、貂熊、东北虎、鄂伦春马、犀鸟、棕熊、白唇鹿、黑尾蟒、藏獒等多达二十一种动物。全书每个章节后面都配有动物观察笔记，让人在充满快感的阅读后，还能认识不少有趣的动物，开阔了视野。

书中的很多故事，是描写人与动物的珍贵情感的，充满正能量，特别能打动人，小读者们读这些文章，能从小培养宽仁博大的爱心、勇敢担当的精神和高尚的情操。在作者笔下，每个动物都有自己的性格和个性，充满真实的“人性”，体现了作者对动物的尊重。作品文字优美流畅，情节惊险曲折，有助于提高孩子的写作能力和想象力。

动物小说大王　沈石溪

目录

第一章

豹猫闪电

扫码即可
声临其境

李小成10岁了，是太行山里一个叫槐树岭的小山村里的普通少年。他长得比同龄孩子要强壮一些，皮肤黝黑，一双眼睛很有神。他读三年级，父母都在很远的地方打工，爷爷很早就去世了，他从小一直跟着奶奶在村里住。李小成虽然年纪小，但大部分家务活都会做。他家的房子有些旧，好在院子很大。

李小成学习刻苦，很懂事，每天写完作业还常和奶奶去山上采一些蘑菇和野菜，可以自家吃，也可以卖一些钱。他还有很多小伙伴，但跟他关系最密切的朋友是一只野猫。根据老师的说法，那叫豹猫，是一种不太常见的野生动物。那是他和奶奶去山里采蘑菇时在一棵大树下发现的。当时它很小，只比没满月的小猫大一点，显得十分柔弱。他们猜测可能是从窝里掉出来的，于是李小成和奶奶就陪着小猫等了两个多小时。天快黑了,听到很多鸟兽的叫声,他有些害怕,但始终不见大猫回来。他觉得这只小猫十分可怜,央求奶奶把它抱回了家。

奶奶虽然把小野猫抱回了家,却有些不高兴,说道:“常言说得好,少养带嘴的,多养带根的……”他不懂什么意思,奶奶解释说:“带嘴的要吃要喝,很麻烦又很辛苦;长大了,要是出意外,还会伤心。”

李小成说:“我不怕,既然遇上了,我就要救它。您不是告诉我要多做善事吗?再说我也不一定养着,明天就把它送回去,也许它爸爸妈妈已经回来了。”

他细心照顾小野猫,喂它喝羊奶。第二天放学后,他硬拉着奶奶把小野猫抱到了那棵大树下,可惜又是白等。也许它的妈妈遭遇了不幸。不管什么原因,看来,想让它找到妈妈很难了。他只好把它带回家里养着,正好可以和他做个伴。

没想到小野猫的生命力很顽强,竟然顺利地活了下来,越长越大。半年后,它长得比一般的成年的猫还大。老师说它叫豹猫,还真有点像小豹子呢!他经常钓鱼给它吃。小豹猫各种食物都吃,包括野果子,属于杂食动物。小时候,他给它取名叫咪咪,因为它像一只活泼的小猫咪。长大了再这么叫显然不合适,就给它取了一个新名字叫闪电,因

为它奔跑起来像闪电一样迅猛。

没过多久，闪电就会自己捉野鸟和山鼠，不需要专门喂食了。李小成家里一只老鼠也没有了，闪电便去外面捕食，甚至能去河里捉鱼，本领特别高。不但自己有吃的，还经常把猎物交给他。李小成别提多开心了，奶奶也直夸他养的猫好，不过提醒他说："这是野猫，恐怕你养不住，它会跑掉的。"

李小成说："不怕，跑就跑吧，只要它能生活得好，如果它能找到自己的妈妈更好。我可想念我的妈妈了，可是她

每年只回来一次……”

“傻孩子，妈妈忙，爸爸也忙。猫长大了，还带着人的气味，它即使找到妈妈，妈妈也不要它啦！”

“是吗？那它好可怜。它愿意走就走，愿意留下的话，我会一直和它做朋友，奶奶，好吗？”

“好，我的乖孙子真懂事。”

李小成每次和奶奶上山都带着闪电，从不用绳子拴住它。闪电在山上捉猎物，有时跑得很远，时间很长，但最后都会回到他身边。闪电也认识家门，能自己找回去。

李小成特别怕村头的一条大黑狗。那黑狗有一米多长，比狼还大，大嘴里一口白森森的牙。有一次，大黑狗一看见李小成就追了上来。李小成吓得撒腿就跑。后面的闪电见了，立即扑上去，尾巴蓬松得比平时粗了一倍，跟大黑狗撕咬起来，很快就把大黑狗打跑了。从此，大黑狗再也不敢追赶李小成，见了他就夹起尾巴躲开。

家里的日子虽然艰苦，但李小成过得很快乐，最开心的

就是晚上跟奶奶聊天，听奶奶讲过去的事情。奶奶快70岁了，特别慈祥，每次他都听得入了迷。他也会把自己学到的知识讲给奶奶听，告诉奶奶地球是圆的，太阳就是个大火球，宇宙非常大，一亿年也走不到头，还有各种科学知识。奶奶笑得合不拢嘴，说他有出息了，是小博士。每当这时，闪电都会在旁边静静地听，似乎能听懂，还不时地发出几声叫声，逗得他和奶奶哈哈大笑。

可惜，这样快乐的日子没能继续，奶奶的身体越来越不好，大部分活都不能干了。李小成很懂事，承担了所有家务。奶奶帮不了他，经常偷偷掉眼泪。李小成很想念爸爸妈妈，想让爸爸妈妈回来，可奶奶说："他们在外面也很难，既然不回来就是有事，能回来他们自然会回来的。这回来一次光路费就很多呢！还是等到过年吧，那时候就回来了。只是苦了你，我的好孙子。"

"奶奶，我不怕，那咱们就等着过年吧，您一定会好起来的。我明天让村医伯伯带我上山采点补药给您。"李小成说。

第二天是周末，李小成便和村医伯伯上山了，闪电一步不离地跟着他们。离村子近的地方，草药不多，他们决定往深山里走一走。闪电一到密林中就东窜西跳，很快消失在茂密的灌木丛中。过了一会儿，闪电跑回来，嘴里叼着一只野兔！它天生就会打猎，也许是一种本能吧，开始技术差点，慢慢地，本领越来越高。闪电吃完野兔又钻进了草丛。

为了追闪电，李小成跟村医伯伯走散了。他一边叫喊着，一边想找到来时的路。突然旁边的大树后跳出一个人。他还没反应过来，就被那人拦腰抱住。他拼命反抗，但毕竟才10岁，不是大人的对手。那个人力气特别大，一下把他压在地上，用绳子捆了起来。

李小成一看，原来是村里的王混混。他的名字没人记得，只知道姓王，村里人都这么叫他，可见他的为人不怎么样。王混混一直想买下闪电，要把它运到外地去卖掉。可李小成坚决不同意，于是王混混便三番五次地纠缠，还假惺惺地拿出一些钱。他嗤之以鼻，丝毫不动心。在李小成眼里，闪电根本就是不能卖的，那是他家里的一员。

王混混见软的不行，就来硬的，今天竟然跟踪他，还把他绑了起来。

“我知道你这个小兔崽子不会答应，今天这里没人，我看你答应不答应！一会儿，你的野猫一回来，我就把它带走。你若对我耍花样，我就对你不客气！”

“你这个坏蛋，我不会听你的！”李小成愤怒地说。

“啪！”

李小成的脸上被打了一记耳光，王混混继续用低沉的声音威胁他。这时，只听到“喵”的一声，是闪电回来了！李小成立即大喊：“快跑！这里有坏蛋！”

但是闪电没有逃跑，也没有过来，它只是冷冷地站在那里，双眼注视着他们。

王混混放开李小成，从怀里拿出一些宠物食品，扔在闪电面前，说道：“乖乖，这是你的新主人给你买的。跟我走吧，保证你过上好日子！”

闪电一动也不动。王混混觉得它不怎么凶，就慢慢地靠近。突然，闪电猛地蹿了起来，爪子狠狠地拍在王混混的脸上。王混混根本没反应过来，满脸是血，疼得大声惨叫。闪电不肯罢休，继续抓他，吓得他仓皇逃跑。

闪电赶走了王混混，跑过来围着李小成直叫唤。李小成不断地摆动着被反绑的双手，向它示意。闪电明白了，用嘴和爪子很快把绳子解开了。此时王混混已经跑远。李小成赶紧带着闪电下山,到派出所报警。没多久王混混就被抓住了。村里人都说抓得好,王混混干了不少坏事,罪有应得,大家都夸李小成勇敢。

日子依然在艰难和快乐中飞逝。有一天早上,李小成醒来,照例去叫醒奶奶,给奶奶喝水。但是奶奶一动也不动,任凭他怎么推,奶奶也没答应,像是睡着了,在做着一个永远醒不来的梦。他忍不住放声大哭。乡亲们赶来了,连忙给他的爸爸妈妈打了电话。第二天,爸爸妈妈赶回了家里,跪在奶奶面前,失声痛哭。乡亲们都说,多亏李小成的照顾,奶奶晚年很开心,是在睡梦中走的,没有太多痛苦,也没连累家人。大家张罗着给奶奶办丧事,李小成哭得很伤心,他从小就是奶奶抚养大的。奶奶走了,他不知该怎么办。

把奶奶安葬后,爸爸妈妈准备赶回城里上班,要带李小成一起去城里。

李小成想,如果去城里上学,恐怕不能带上闪电了。那里只有高楼大厦,没有高山和森林,闪电即使去了也无法生活。一想到可能要和闪电分开,他就更加痛苦和悲伤。可是,他又不想让爸爸妈妈操心,于是决定把闪电放归山林。老师也说过,闪电越来越大,大自然才是它的家。它应该回到大森林里，去过属于自己的生活。

李小成和爸爸一起带闪电上山。趁它去捕猎后，他就往山下跑，一边跑一边流泪。可每次不管他跑多快，闪电都会跟上他。就算他好不容易逃回家，闪电也会自己找回来，他怎么忍心不给它开门呢？一想到要和闪电分离，他就把闪电紧紧地抱在怀里。

再过一天他们就要去城里了。夜里，李小成几乎哭了一夜。第二天，他早早起来和爸爸一起带闪电上山。闪电仍旧和往常一样开心，蹦跳着钻进了树林中。

爸爸拉着李小成转身就往回跑。这次他们没跑回家，而是按照妈妈的要求跑到了村口的公路边。不一会儿，长途汽车来了。一想到马上就要跟闪电永别了，李小成哭出了声，被妈妈紧紧抱着，一起上了车。李小成问妈妈："闪电找不到我，会不会很伤心？"

妈妈说："开始会伤心，过段时间就不会了。"

车子开动了，李小成擦擦眼泪，透过车窗看外面。突然，他看到一个熟悉的身影——闪电！它从山上下来，正在朝公路上跑。它能闻到气味，视力也特别好，所以知道他在这里。

"闪电！"李小成哭着喊道。

爸爸妈妈也看到了闪电，说道："它找不到你就会回去的。”

同车的很多人也看到了闪电，纷纷说：“那只野猫在后面追呢！真稀奇。”

果然，李小成看到闪电上了公路，远远地在后面追赶。车开得很快，他喊道：“闪电，回去吧！我要走了，你好好照顾自己！”

车里的人见他这么动情，纷纷议论起来，都好奇地看着后面的野猫。

“什么情况？要停车吗？”司机问。

“不要停！”李小成的爸爸说，“师傅，您快点开吧，是我家的猫，您一停，我的孩子更舍不得走了。”

于是，汽车一直向前开，也没有减速，但是闪电没有放弃，一直在后面追。车里的人看着这奇特的一幕惊讶不已，路上其他车主也看到了，纷纷鸣笛。

“怎么搞的？不会出事故吧？”司机说着停了车。

闪电气喘吁吁地跑过来，等在车门外，一双眼睛十分焦急，看得出，它似乎也意识到了什么，有些悲伤。

“爸爸，我们带上它吧！求你了！”李小成拉着爸爸的手，闪着泪光。

“它是野猫，会抓伤人的，也带不上火车！”爸爸说，“即使带到城市里，也不能养，只能送到动物园。”

“不要送动物园，它不会喜欢的。”李小成说。

“那还是让它去山上吧，那里才是它的家。”爸爸说。

“它在车外等我呢，让我再见它一面吧！我让它回去，别追我了……”李小成的眼泪像断线的珍珠。

看着李小成那么难过，爸爸只好答应他。李小成打开车门，刚下车，闪电就扑上来抱住了他。车上的人都啧啧称奇。

“闪电，回去吧，我不想丢下你，可是……呜呜——”李小成抱着闪电，在路边几乎哭晕过去。

似乎听到了汽车发动的声音，他擦干眼泪站起身，却发现长途汽车已经开走了，爸爸妈妈就在他身边。

“孩子,别伤心了,咱不走了,回家!”妈妈说。

“太好了,妈妈!”李小成泪中带笑。

“看它跟你的感情那么深,很触动我。以前我们不在,都是它陪着你的,如果我们现在丢下它就太没良心了。况且闪电还救过你呢。它可是咱们家的救命恩人。我们还是先留在这里,看看能不能在家乡做点事,种果树或者搞点养殖。其实我一直在考虑,在外打工不能好好照顾你,我们想今后好好陪着你。”爸爸动情地说。

“爸爸,好爸爸,我们种果树吧!我一定帮您干活,我什么都会干,闪电也会帮我们看着果园。”李小成喜极而泣。

“看把你高兴的。不过你保证要好好学习,成绩不能比城里的孩子差,才能考上大学。”妈妈摸着他的头说。

“妈妈,我一定好好学习。”李小成的语气十分坚定。

一家三口走在回村的路上,有说有笑,旁边跟着一只个头很大、毛色斑斓的野猫,像只小豹子。

动物观察笔记

喜欢树栖的豹猫

别名 | 山狸、野猫、狸子、麻狸、铜钱猫、石虎等

种属 | 哺乳纲食肉目猫科

体长 | 36—90厘米

体重 | 3—8千克

分布区域 | 亚洲

◎**出没地带**

山地林区、郊野灌丛和林缘村寨附近

◎**最喜欢的食物**

鼠类(松鼠、飞鼠)、兔类、蛙类、蜥蜴、蛇类、小型鸟类、昆虫等

◎**保护级别**

易危物种、国家二级保护动物

1 豹猫的模样

豹猫的体形比家猫稍大，尾巴大约是身长的一半，身上点缀着或大或小、深棕色或黑色的斑点，黑色的耳背印有白色斑点，背部中央常有一条斑纹贯穿全身。随着分布区域的不同，毛发的底色和长短各不相同，有淡褐色、黄色、灰棕色、红棕色等。

2 攀爬和游泳能手

豹猫是树栖夜行动物，多在晨昏时活动，攀爬能力强，在树上行动自如。它也很擅长游泳，喜欢在水塘、溪沟、稻田等附近活动和觅食。

3 豹猫的防御和进攻

豹猫生性凶猛，碰到险情时，会缩体弓背，龇牙咧嘴，口里发出带有恐吓性的吼声，警示对方。经常伏在斑驳陆离的灌丛或阴暗处，伺机出袭正在休息的野鸡、鸟类、老鼠、野兔，甚至还敢于向貉和獾发起猛烈的进攻。

第二章

深山惊魂

扫码即可
声临其境

晚春的华蓥山，一派鲜艳翠绿的景象，树木茂盛，山势雄伟，气象万千，不愧有“小峨眉”之称。各种野花竞相开放，美不胜收。

陈小强走在山路上，哼着山歌，十分惬意。他身材不高，但很结实。他现在所处的位置跟村子隔着两座山峰，已属于人烟稀少的深山，但他一点也不紧张，因为他带着一条出色的猎狗——小铁。小铁在他前面跑着，但始终不离他太远，忠诚地守护着他。小铁的皮毛是铁红色的，个头不大，但极其强健凶悍，是一条撵山狗，身躯微向前倾斜，后腿略高于前腿，弯曲像弓形，步态敏捷轻盈。五官紧凑，面部多皱，嘴呈竹筒状，模样有些奇特，本领却比一般的猎狗要大得多。它今年5岁了，陈小强和爷爷从它刚满月就开始养着，感情非常深。

陈小强今年刚满18岁，住在山下的村子里。家里现在只有他和爷爷，爸爸妈妈都去重庆打工了，几个月回来一次，他习惯了跟爷爷相依为命的生活。爷爷年轻时是出色的猎人，拥有丰富的经验。以前常带陈小强上山，把各种野外知识和采摘、狩猎技术传授给他。可这些年爷爷年纪大了，腿脚有些不好，爬山比较困难。爷爷告诉他，近年来在政府的号召下，树林比前些年茂密了，动物们也多起来了，有活物的森林才有灵气。

最近爷爷身体不大好，没有什么胃口。陈小强想上山采点爷爷爱吃的野菜。一入山，他和小铁就看到一只山鸡从草丛里钻了出来。陈小强先是一惊，后来看着山鸡，想起爷爷说过的一件趣事。

在以前，经验老到的猎人会先想办法活捉一只小山鸡，或者用山鸡的蛋孵化出小鸡，选出雌性的，进行一定的驯化，慢慢的它就听话了，成为“山鸡繇子”，它的外表跟野山鸡并没什么两样。春末夏初是山鸡的繁殖季节，雌山鸡一般会避开雄山鸡全心孵小鸡，极少活动。这个时候，猎人就在高处搭一个窝棚，并用树枝伪装起来，放出山鸡繇子，自己藏进窝棚中。很快，“山鸡繇子”就可以招来一群雄山鸡。这些雄山鸡相聚之后，为争夺雌山鸡而互相厮打，连啄带抓，羽毛乱飞，十分凶残。猎人看着时机差不多了，就吹口哨。“山鸡蹶子”听到后就会退到窝棚后。这时，猎人随即开枪猎获那些雄山鸡。

陈小强一边想着关于山鸡的故事，一边寻找着野菜。过一道沟，那里地势比较平坦，荠菜、蕨菜和薇菜真多。他走过去，兴奋地弯腰采起来，好鲜嫩呀！他一边采，一边朝前走。突然，他发现好像有一个人，距离比较远，卧在地上，背对着他，好像戴着草帽，衣服有点破。由于灌木的阻挡，他看不太清。

这里怎么会有人？难道是采山货的？有可能，看样子他比较老，也许是犯病了。他大声喊：“喂，你在干吗？”

那个人没有动。

奇怪，也许是睡着了。那多危险呀！看样子他也没带狗，万一遇到野兽就完了。老师告诉他要多帮助人。经过一番思考，陈小强决定过去看看。如果他需要帮助就尽量帮助他，看他的打扮像本地人，也许认识呢！

他不采野菜了，一直向那边走，越来越近。他感觉那个人很高大，很强壮，山里这样的人不多。他有些疑惑，继续喊，可是那个人还是没动。

他也不像睡着了呀……陈小强觉得有点问题，停下脚步仔细看，突然有一种不祥的预感——万一他不是人怎么办？那样子真的好奇怪呀！他听过一些稀奇古怪的故事，虽然不信，但有时还是挺害怕的，现在想起来更觉得恐惧。他想叫小铁，但它正看着那些东西呢！想来想去，他决定还是先回去，带上小铁再来看看。

他克制住恐惧，转身刚想走，那个“人”突然站起来，身上的衣物等都落在地上，露出了一身的黑毛！吓得陈小强“妈呀”一声惊叫！太恐怖了！

那个动物的身材十分粗壮高大，陈小强看出来，那肯定不是人，而是一头黑熊！它刚才蜷缩在地上，又有灌木和衣物等遮掩，非常像个人，但是现在原形毕露了。它朝陈小强狂奔过来！

陈小强吓得脸都绿了，转身就跑，但是很快他就意识到，自己跑不了，距离不过几十米，崎岖的地面，对于黑熊来说不算什么，估计十几秒钟他就会被追上。他显然不是壮硕的黑熊的对手。爷爷说过，人要靠智慧，越是危急的时刻越要冷静。

他没敢跑，也没敢爬树，因为爷爷说过，黑熊是会爬树的，人上树很可能被扯下来，跑不了。情急之下，他看见旁边是个长长的陡坡，就拼命向上爬去。由于身体素质较好，他弹跳力和爆发力都很棒，迅速爬了七八米高，抓住了结实的藤条。这时，黑熊已经到了山坡下。

他知道黑熊的爬山本领也不错，自己只是占了一点高度上的优势，继续爬还是可能会被追上，不能让黑熊爬上来。他转过身，一手抓住藤条，一手捡起坡上的石头对准黑熊使劲砸。有几块砸中了，力量还不小，黑熊发出怪叫，没能上陡坡。

陈小强赶紧大声喊道："小铁！小铁！快来，快过来救我！"

声音在寂静的山谷传得很远，由于距离不是很远，警觉的小铁听到了，立即猛跑过来，简直像飞一样。它从主人的声音中，知道了情况十分紧急！

遗憾的是，陈小强没把连弩带在身上，也就是说他赤手空拳，这不能不说是个很大的失误。眼下，他的武器只有这些石头，好在刚才判断正确，上了这个陡坡。他不敢怠慢，保持密集的“火力压制”，拼命向下砸石头。他一边砸，一边浑身发抖，担心这头黑熊还会有什么大招。

终于，小铁赶了过来，朝黑熊狂吠，显得十分凶恶。它是想吓跑黑熊。一般野兽是害怕猎狗的，如果在围猎时遇到，就会落荒而逃。可是，黑熊退了几步后，发现只有一条猎狗，就不怎么怕了。这是一头很狡猾的黑熊，明白自己占有优势。它起码有150千克，小铁差不多25千克，光体重上就不是一个级别。

黑熊猛地扑向小铁，想一下把它打倒。那黑乎乎的熊掌力气非常大，爪子又很锋利。小铁知道不是黑熊的对手，竭力躲闪着。它的身体异常灵活，黑熊根本抓不住它。追了一会儿，黑熊又往回走，显然，它觉得陈小强才是它的捕猎对象。

小铁十分勇敢，趁黑熊往前走，又冲上去，在它的尾巴和屁股上咬了几下，它的牙齿很锐利。黑熊立刻被咬出了鲜血，恼怒万分，转过头来追小铁。小铁转身逃跑，不过这次很危险，黑熊的爪子像旋风一样几乎要打到它，稍微慢一点就没命了。

见小铁跟黑熊搏斗，陈小强很欣慰，也很担心。在这关键时刻，看得出它是无比忠诚的，没有逃跑，毫不畏惧，但是仅仅靠它，显然不是黑熊的对手。怎么办呢？他又大喊了几声，但没有回应，极目远眺，空无一人。

黑熊又到了下面，试图爬坡。此时，陈小强已经爬得更高，离平地有十几米，但上面太陡，已经爬不上去了。他尽量稳定住自己，防止失足坠落，同时收集了一些石头。见黑熊又往上爬，他继续向下砸石头，居高临下，效果很好。黑熊爬不上来，即使爬到了半截，陈小强也能把它打下去。

狡猾的黑熊只能暂时放弃，躲在一边抬头观察，同时防备着小铁。

陈小强想，只要能坚持住就行。如果爷爷看到自己总不回家，一定会通知村里人上山来找，那时黑熊就会被吓跑。

黑熊似乎老谋深算，它休息了一会儿，走出二十几米，换一个位置爬坡。陈小强想砸它，可惜太远，没什么威力，眼看黑熊爬得跟他差不多高了，正慢慢向他接近。他没想到黑熊这么狡猾，急忙扔石头，但效果不明显。黑熊低着头躲闪，越来越近。

坏了！这样下去，黑熊肯定会爬过来。身边的石头也不多了，一旦没石头，他等于没有了任何反抗能力，小铁也帮不了他，只有死路一条了！

陈小强身上的衣服都快被汗水浸透了。爷爷告诉过他遇事不能慌张，要胆大心细。他分析了现在的处境，停在这里只是暂时安全，最终必死无疑。他必须下去，争取一线生机。当然，下去后，他没有了空中优势，很快就要直接面对黑熊的进攻，也是极其危险的，但起码还能拼一下。他张望了一下自己刚才放东西的位置，大概有300多米，虽然中间有灌木，但地上基本干净。他能快速奔跑过去，时间估计需要60秒，关键要看黑熊的

反应速度。

他紧紧盯住黑熊，目光如炬。黑熊也看着他，停止了前进，似乎很狐疑。黑熊现在的位置很陡、很狭小，并不能迅速过来。它也怕跌落下去，为了靠近陈小强，它也在冒险。

陈小强打定了主意，深吸一口气，拽住一根藤条迅速向下降落，脚不时踩在石头上支撑身体。这次他豁出去了，超水平发挥，快速下降，最后身子贴着陡坡，手抓住石头，向下一跳就到了地上，用时总共不到10秒，很成功。

黑熊有些看傻了，停顿了几秒，等它终于明白是怎么回事，朝下跑时，却因身体笨重，突然失去平衡，向下滚去！很多石头、土块被蹭落，但是黑熊比较皮实，也不在乎，就蜷着身子向下滚。

陈小强一秒也没犹豫，以百米冲刺的速度朝目标狂奔！拼尽全力又非常稳健，奔跑，跳跃，300米，200米……

黑熊滚落到平地上，一时有些晕头转向。还没等它站稳，早已等候在那里的小铁就趁机冲上去对着它一阵狠咬，又快又猛。黑熊的嘴被咬破了，它暴怒了，猛烈反击，熊掌乱舞，要把小铁打飞。小铁见它来势汹汹，只能夺路逃跑。

追了不到20米，黑熊似乎明白过来，立即放弃小铁，朝陈小强的方向猛追。此时，陈小强离他的目标还有100米！他看见黑熊张着狰狞的大嘴，迈开大步，四足几乎腾越而起。他别无选择，只能继续加速奔跑，好在黑熊与他距离仍有200米以上。

能不能跑赢黑熊，其实陈小强心里一点把握也没有。小铁真是好样的，又回过头来在后面猛追黑熊，速度也极快，看起来是拼了。在这寂静的山脚下，如诗如画的春光里，上演了奇特的一幕：一人、一熊、一狗都在发力狂奔，目标都十分明确。

陈小强顶住巨大的恐惧和压力，没有减速，也没往后看，因为那没有意义。80米，50米……胜利在望，但时间也在飞快地掠过，黑熊越来越近。

这时，小铁追上了黑熊，在它屁股后面猛咬。黑熊忍受不了了，又转过身去追小铁。小铁这次跑得慢了一点，被黑熊打中，身子几乎飞起来。它落地后，忍住疼痛，一秒也没敢停留，继续逃命，总算躲开了黑熊致命的扑咬。

黑熊觉得小铁的威胁解除了，又去追陈小强，但是时间已经过去十几秒。十几秒很短暂，但在此刻却十分重要！陈小强已经跑到目的地，他的连弩就在那里，上面装着10支箭。他拿起来，转身对准了黑熊。

此刻，黑熊距离他只有几十米。黑熊很聪明，知道是可怕的武器在对着自己，但它也知道那不是枪，因为没有火药味。它不想放弃，此刻转身也许安全，但不会再有机会。它也想赌一下，继续狂奔起来，想用气势把陈小强吓倒。同时，它晃动身子，跑着之字形，让陈小强无法瞄准。

陈小强竭力让自己镇定，他知道生死都在自己手上，一定要抓住这一次机会。他端稳弩，瞄准，迅速连续扣动扳机！

箭"啪啪啪"地射了出去，其中一支击中黑熊的鼻子。鼻子是黑熊最敏感的部位，实在是太疼了，它的身子几乎跌倒，此刻才明白今天的对手很厉害！它终于决定放弃，忍着剧烈的疼痛，呻吟着转身跑了。

看着黑熊远去的背影，陈小强一屁股坐在地上。小铁跑了过来，它受伤不轻，但并不致命。陈小强很感动，给它上了点药，立即拿上东西，迅速下山，一路上十分警觉。他的力气快用光了，此刻不想再遇到任何意外。

好在一切顺利，他终于回到了村子里，回到了家。

爷爷一看他和小铁的样子，就知道出了大事，急忙让他坐到床上，给他检查。他抱住爷爷，哭了起来。他哭了一会

儿心情平复了，爷爷才问他怎么回事。他断断续续地讲述了事情的经过。

爷爷说："小强，你很勇敢！你长大了。不过，以后千万记住，防身武器不能离手。"

"爷爷，那个黑熊太狡猾了，我真没想到。当时确实大意了。"陈小强说。

"人对野兽又能了解多少呢？它们跟人较量那么多年，也许学会了一些方法。这个黑熊也许袭击过人，可能在别的地方就不怎么怕人了。它得到人的衣服和帽子，也许觉得好玩，也许是故意的，搭在了身上。没想到你碰见了，如果再离得近点，就太危险了。不过，你今天表现不错，狠狠教训了它。它有了教训，以后就不敢这样主动攻击人了。"爷爷说。

"没想到野兽也这么聪明，以后我要更加小心，今天多亏了小铁！"陈小强一边说，一边看爷爷给小铁仔细检查伤口，重新包扎。

"是呀，小铁真是好样的，是很好的撵山狗！以后呀，它经验多了，会更加勇敢机灵。你不要怕，人都是磨炼了才能长大。"爷爷拍着他的脸蛋说。

"爷爷，我想快点长大，比您还要高大强壮！"陈小强倚靠着爷爷，眼角有晶莹的泪光。

动物观察笔记

爱捕鱼的棕熊

种属 | 哺乳纲食肉目熊科

体长 | 1—2.8 米

体重 | 80—600 千克

分布区域 | 北欧、中欧、亚洲等

◎出没地带

荒漠边缘、高山森林

◎最喜欢的食物

谷物、果实、昆虫、啮齿类、有蹄类动物等

❶ 随处可见的熊族

棕熊是一种适应力超强的动物，它们不仅出没于深山密林、荒漠沼泽，甚至连极地冰原都有它们的身影。而美味的果实、多汁的草叶、肥硕的小动物会对棕熊选择住址产生巨大的影响。

❷ 爱做记号、爱捕鱼的大食客

棕熊们外出觅食时常常会在树干上留下抓痕或者咬痕，来警告别的动物别误闯自己的领地。棕熊嗅觉的灵敏度是猎狗的7倍，视力虽然不佳，但也能站在水流中抓住水底穿梭的鱼儿。

❸ 力大无穷的大块头

棕熊们又结实又富有耐力，体格胜过一个参加奥运会摔跤项目的运动员。它们能一口气杀死一头野牛，能轻轻松松地将一只公鹿拖上山。

第三章

荒漠猫奇缘

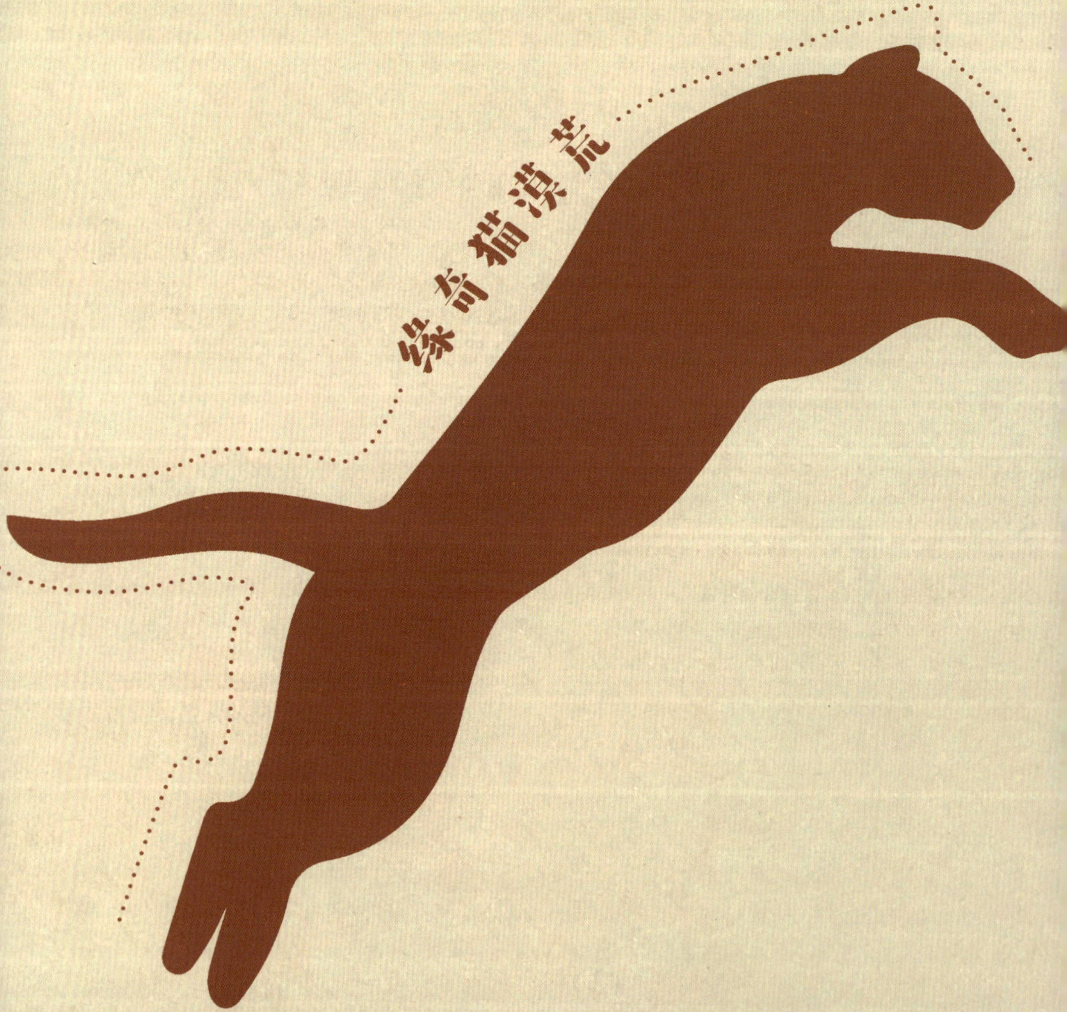

扫码即可
声临其境

在世界屋脊青藏高原的北缘，阿尔金山脉与可可西里山脉之间，有一个鲜为人知的高原盆地——库木库勒盆地。这里周围都是险峻陡峭的高山，腹地分布着河流、沼泽、涌泉、山溪、湖泊，动植物资源相当丰富，特殊的高原喀斯特地貌使其呈现出桂林神姿，美不胜收。1983年，这里建立了阿尔金山自然保护区。2005年9月，我从敦煌转车，行程千余里，抵达库木库勒盆地的大九坝镇。接下来，我打算独自徒步沿喀沙克力克河抵达阿牙克库木湖，考察当地的生态环境和野生动物的生存状况。

开始几天的旅行很顺利，走在辽阔壮观的河谷中，感觉非同寻常。秋天的阿尔金山自然保护区刚刚告别夏季的繁茂，慢慢变得枯黄，但仍充满勃勃生机，经常能看到藏野驴、野牦牛、盘羊、藏雪鸡等动物。正是因为我没乘车，动物才不怎么怕我。我通过望远镜观察它们，异常兴奋。

沿河前进能有效防止迷路，取水做饭也方便。5天后，到了几乎与世隔绝的地方，我开始有了一种不安全感，因为晚上经常有不知名的野生动物靠近我的帐篷。它们可能是到河边来喝水的，顺便“拜访”我。

这天晚上，我吃过晚饭，关好帐篷，钻进睡袋，因为怕有什么东西再来，我久久没能入睡。大概11点多，外面传来奇怪的叫声，感觉那个发出声音的东西就在帐篷边！我心里一阵发毛，提心吊胆地侧耳倾听，盼着它早点离开。但外面的叫声一直没停，反而越发急切：“呜——喵——”好像是一只猫！与家猫的声音不同，应该是一只野猫。我很喜欢猫，心里稍微安稳了些，它不大可能对我造成威胁。

那只野猫一直在外面叫，一定有什么情况。我想出去看看，它总不至于把我吃了吧？我寻思着，穿好衣服，提着一把藏刀，慢慢打开了帐篷门。月光相当亮，我看到了一只野猫！它个头非常大，超出了我的想象，体长八十多厘米，尾巴有三四十厘米，深棕色毛，两眼幽绿，身体十分粗壮，真像一头小豹子！我吓了一跳，这显然与一般的野猫不一样，它足以对我构成威胁，我不由自主地退了一步。野猫看到我，也退了几步，大概因为我拿着刀吧。

我们对视了一会儿，凭着多年的野外生活经验，我看出

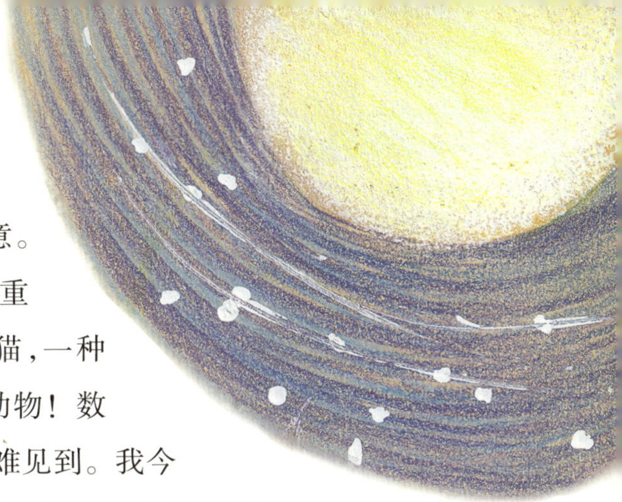

这只野猫对我没有恶意。我认出了这就是国家重点保护动物——荒漠猫，一种非常珍稀的野生猫科动物！数量十分稀少，一般人极难见到。我今晚能这么近地观察，真是幸运，我激动万分。我又仔细观察，发现它的肚子十分干瘪，肯定非常饥饿。我记得上次来卡拉麦里，曾听保护区的一位管理员说，它们经常投放食物救助荒漠猫等野生动物，因此它们不怕人了，并说我在野外有可能碰上它们，希望我别怕。没想到今天真的碰上了。

看它这样子，估计是想要点吃的！我急忙从旅行包里拿出几根烤肠扔了出去。那只荒漠猫闻了一会儿就大口吃起来，很快就吃完了。我又拿了一些面包给它，它也都享用了。最后它好像吃饱了，发出愉悦的叫声。

我看着它，心里十分高兴。人与动物能和平相处是件多么美好的事呀！又过了一会儿，它转身离开了。一直等到它的背影消失，我才回到帐篷里睡下。

第二天，我采集了很多标本，仍住在原地。晚上11点多，那只荒漠猫竟然又在外面叫唤，我听到它的声音，心里十分激动，立刻打开帐篷门。它就在外面，我记得它的身影！它大概就在这一地区活动，记得我的气味，又找来了。它冲我叫着，我也跟它打招呼。出乎意料的是，它旁边还有一只很小的荒漠猫，估计是它的孩子。看着那可爱的长着绒毛的小猫，我真是说不出的狂喜，我太幸运了！小猫“喵喵”叫着，可能很饿。我立刻拿了一些好吃的扔过去。小猫大吃起来，大猫在一旁看着。

我明白了，这只大荒漠猫要哺育孩子，需要捕猎好些食物，可能这两天食物短缺，才两次向我求助。我带的食物不多，但接济它们还是够的。实在不行，我就中途返回，决不能让这对荒漠猫母子饿肚子。看得出，这是一只曾经跟人有相当多接触的荒漠猫，对人很信任。一般人都认为野生动物的“野性大”，其实它们的灵性也很强。如果你捉住它，囚禁它，它当然“野性大”，拼命想逃脱。但如果对它好，它也能领会，还会回报你的善意。毫无疑问，这只荒漠猫曾受过保护区好心人的照顾，因此对人类产生了信任，我的善意它能感受得到。我决不能让它失望，要好人做到底。

小猫吃食时，大猫突然离去，不见了踪影。我心里十分疑惑。过了一会儿，大荒漠猫终于回来了，嘴里竟又叼来一只小猫。它有两个孩子呢！我急忙又扔了一些食物，看着两只小猫吃。

我心想，这只大荒漠猫要养两个孩子很不容易……突然，大荒漠猫竖起身子发出异样的叫声，好像很恐惧。我大吃一惊，顺着它的目光看去。天哪！有一个很大的家伙正在跑过来！别看它身体笨重庞大，奔跑的速度却非常快，转眼就离得很近了。看出来了，是一头棕熊！高原特有的一种十分凶悍的猛兽！自然保护区的朋友说，一定要提防棕熊，千万别招惹它。

这头棕熊大概闻到了食物的香味，它视力不好，但嗅觉相当灵敏。我没有带枪，没有火药味，所以它大胆地跑来了。据说棕熊智商很高，不怎么怕人，经常偷食牧民的牛羊和食物。此刻我孤身一人，它当然无所畏惧了。

我浑身冷汗直冒，不知如何是好。大荒漠猫可能觉得来者不善，急忙叼起一只小猫跑了，另一只在地上恐惧地叫起来。

棕熊可能也相当饿了，闻到地上有吃的，立刻埋头吃起来。吃了几口，突然叼起旁边瑟瑟发抖的小猫，大嚼起来！这一切太突然了，我急得大叫："放下！"但棕熊毫不理会，几下就把小猫吞了下去。这家伙太残忍了！

突然，我听到了一声凄厉的叫声，是大荒漠猫发出的，它跑得不远，一定目睹了小猫被吃掉的场景。它是多心疼呀！那变调的叫声说明了一切。我痛恨自己没能力保护那只小猫！

棕熊却满不在乎，吃完小猫和地上的东西，又瞪着恐怖的小眼，盯住了我！大家可能在动物园里见过棕熊，可我此刻却是在荒原上直面它！那家伙体重不下300千克，直起身子有将近2米高，长长的嘴里满是尖牙，还有血迹。两个爪子不停地挥舞。我当时简直吓傻了！

我知道棕熊现在食欲正旺，一定会攻击我，决不能束手就擒。我急忙摸出身上的强光手电筒，打亮后不停地画着圈。长长的光柱移动着，好像一件十分吓人的武器。棕熊果然有些害怕，弄不清怎么回事，往回退了几步，但并没有要离开的意思。

我的危险依旧没有解除。棕熊一旦发现我的武器没有杀伤力，会更加疯狂地扑过来，把我撕成碎片。我的胳膊一边动着一边不由自主地哆嗦起来。

棕熊只顾盯着我，没料到一个黑影突然闪电般蹿过来，一下跳到它的身上，伴随着愤怒的咆哮，便是一阵猛烈的撕咬！是那只荒漠猫在向棕熊进攻！棕熊吃掉了它的一个孩子，它岂能善罢甘休！安顿好自己的另一个孩子，它开始了复仇行动！

荒漠猫的牙齿和爪子尖利异常，具有很强的杀伤力。最主要的是战机抓得好，棕熊猝不及防，被抓出了很多道血口子，疼得发出痛苦的惨叫。它挥舞着熊掌试图反击，却无

法抓到。荒漠猫在它的背上，牙齿死死咬住它脊背上的皮肉。

这时，棕熊再也无法顾及我，它在离帐篷二十几米远的地方疯狂地怪叫、扭动。我松了一口气，要不是荒漠猫及时勇敢地扑上去，我真不知该怎样对付如此庞大的棕熊。

棕熊疼得实在受不了了，开始在地上拼命翻滚，荒漠猫不得不松口跳下来，棕熊获得了解放。它遭到了重创，流了很多血，开始气急败坏。它站稳脚跟，又向荒漠猫扑去，要一雪方才的耻辱。

荒漠猫心中仇恨的怒火仍在燃烧，面对比自己大十几倍的敌人，毫不退缩。它全身的毛都炸起来了，看上去比平常大了一倍，无所畏惧地与棕熊对峙着！棕熊挥起熊掌泰山压顶般向荒漠猫砸去。荒漠猫使劲一跳避开了，它的弹跳力很好。棕熊的动作也猛如旋风，熊掌像长了眼睛，改变方向又向它砸去！荒漠猫再次竭力躲闪开……棕熊仗着前肢长而有力，连续进攻，荒漠猫躲闪不及，被击中了一下。要知道棕熊可是超重量级的，荒漠猫被击中后，身子竟然飞了起来，被甩出几米远，落在地上打了几个滚，不由得惨叫起来。棕熊见状大喜，“嗷”地狂叫了一声，腾空猛扑过去！荒漠猫忍痛跳起来，躲开了这致命的一扑。我惊骇不已，棕熊的杀伤力太强了，荒漠猫不是它的对手。这意味着，逃走是它最好的选择，但坚强的荒漠猫并没有被打垮，更没有被吓破胆。它冒着随时被吞噬或拍死的危险，仗着身子灵活，与棕熊兜起了圈子。我看着它勇敢无畏的身影，心中充满钦佩之情。我想：自己也要勇敢一点，抓住战机，和荒漠猫联手与棕熊较量！

我一手拿藏刀，一手握紧手电筒冲过去，选择合适的位置，用手电筒的光对着棕熊的眼睛。这一招很有效，棕熊被照得睁不开眼，有些发晕，动作不灵便了。而荒漠猫仍斗志昂扬，一有机会就扑过去咬棕熊一口。棕熊去追荒漠猫时，我就捡起石头朝它的屁股猛砸。我受过专业的标枪训练，胳膊爆发力强，并且投得很准，给棕熊的打击不小。棕熊一向我逼近，荒漠猫就在后面袭击棕熊。就这样，棕熊腹背受敌，相当被动。

棕熊是杂食动物，虽然极其凶猛，但也有懒惰的一面，它见难以取胜，便决定放弃，灰溜溜地逃跑了。

看着它落荒而走的身影，我既喜悦又后怕。是荒漠猫救了我的命！它始终如一、勇往直前的气势镇住了棕熊。也多亏自己加入了战斗，如果我俩配合不好，后果不堪设想。荒漠猫追了棕熊一小段路，就去找自己的孩子了。我远远地目送着它，还好，它的另一个孩子很好。它叼着自己的孩子，回头望着我。

那一刻，我心中百感交集。我们是朋友，虽然只见了两面，某些方面却是相通的；我们也是战友，一起并肩作战，取得最终胜利。它因为拯救一个孩子而失去了另一个孩子，并且亲眼看见孩子的惨死！哪一个母亲不会为此痛彻心扉呢？

不知不觉中我的泪水流了下来，我返回帐篷，取出很多食物扔到荒漠猫附近，接着默默返回。

远远地，我看到两只荒漠猫都在吃东西。我觉得安心很多。

第二天，我立即踏上回程，因为有这么一头棕熊在这一带活动，再往前走无疑更危险。我的食物也不足了，有一半留给了那只荒漠猫。没能抵达旅程的终点，我一点也不觉得遗憾，能遇到这么一只有灵性、勇敢、充满爱心的荒漠猫是我难得的收获。大荒漠猫啊，希望我下次来阿尔金山还能有机会与你相遇，多保重，我的朋友，我的战友，愿你在这神秘的荒原活得平安自在！

动物观察笔记

荒漠中的幽灵——荒漠猫

别名 | 草猫、草猞猁、荒猫、漠猫等

种属 | 哺乳纲食肉目猫科

体长 | 61—68厘米

体重 | 4—8千克

分布区域 | 中国、蒙古

◎出没地带

荒漠、山林边缘、高山灌丛和高山草甸

◎最喜欢的食物

鼠类、鼠兔、旱獭、鸟类等

◎保护级别

濒危物种、国家二级保护动物

❶ 荒漠猫的模样

荒漠猫身上的毛长而浓密，绒毛丰厚。头部与体背颜色一致，鼻孔周围和鼻梁呈棕红色，耳尖生有一撮棕色笔毛，尾巴末梢有5个黑色半环。牙齿构造类似虎、豹，上门齿成一横列，犬齿发达，裂齿尖锐。

❷ 穴居的生活

荒漠猫一般选择洞穴居住，有合适的天然洞穴当然是最好的。这种洞穴还分繁殖洞和临时洞两种。它们的生活很有规律，早晨、黄昏以及夜间出来活动，白天在洞穴里休息。

❸ 性格孤僻，听觉灵敏

荒漠猫不怕恶劣的气候，性情孤僻，除了繁殖期，都过着独居的生活。它们的听觉十分敏锐，有时能依靠听觉判断高原鼢鼠在地穴里的活动情况，把鼢鼠从地洞里挖出来。

第四章

高原牦牛与藏獒传奇

扫码即可
声临其境

西藏是高原地区，也是很多人向往的地方，我曾在那里经历过难忘的事。十几年前，我随一个援藏医疗队进入藏北地区，为散居在高原上的游牧藏民提供医疗服务。6月的一天，队里派我和一名同伴去为偏僻地区的木孜塔格山的几十户藏民打预防针。由于那名同伴身体不适，我决定独自前往。中间要穿越上百里的无人区，有很大的风险。我当时血气方刚，正是爱冒险的年纪，于是带上两天的食品便骑着赞达上路了。

赞达是一头6岁大的牦牛。牦牛号称“高原之车”“冰河之舟”，是青藏高原主要的传统交通工具，能在极度缺氧的冰天雪地里背负重担长途跋涉。赞达是牦牛中的佼佼者，身躯庞大，体重达500多千克，全身披着长长的黑毛，只有背部较光滑。它长着一对又大又粗又尖的角，模样狰狞。它

发起脾气来，能把一辆吉普车掀翻。不过，它对主人可谓百依百顺，跟我熟悉之后，从没闹过别扭，关键时刻总能帮我大忙。

只有走进无人区才会明白，为什么青藏高原被称为地球第三极。那高入蓝天的山峰，上面有着千年不化的冰雪；星罗棋布的溪流湖泊，只有鸟兽光顾过的痕迹；坦荡雄浑的荒草滩，让人觉得仿佛马上就能飞翔。领略着高原特有的风光，我被净化了，忘记了所有的烦恼。

遗憾的是，这几天气温偏高，高原的冻土融化，地面开

始翻浆,路有些难走。赞达不怕冷但怕热,这泥泞的路面使它相当狼狈。两天过去了,我们只走了一半的路程。在无人区的高原腹地,我断炊了。晚上露营时又不幸着凉,得了感冒。在高原上感冒非常危险,很容易引发肺水肿,危及生命。

那天晚上快9点时,由于东西时差的原因,高原上还是黄昏的感觉。我又累又饿,头晕耳鸣,还流着鼻血,实在无法爬起来。我吃了点药,准备休息半天再赶路。赞达在附近转悠着找吃的。突然,天空中飘过来一个黑影,是一只胡兀鹫。它两翼伸展，足有两米多长，模样相当吓人。胡兀鹫是专门吃肉的大型猛禽，鼠兔、狐狸、黄羊、旱獭等都是它们的食物。它们非常爱吃腐肉，高原上的动物尸体或垂死的动物，很快就会被它们发现并吞吃。

这只胡兀鹫似乎已经注意到目标。它在低空盘旋着，嘶叫着，很快又飞来十几只胡兀鹫，有几只还降落到了我周围。我很惊诧，莫非我旁边有倒毙的动物？我下意识地四处瞅瞅，什么也没有，真是匪夷所思。

地上的胡兀鹫围成一个圈，慢慢向我靠拢。看着它们冷酷、贪婪的目光，我蓦然明白，它们是冲我来的！我当即惊出一身冷汗，挣扎着欠起了身子，喘着粗气喊：“滚开，滚开！我是个活的人。快走开！”

胡兀鹫们受惊退了几步，但并没撤走。它们看出我极其虚弱，根本没有反抗能力，很快又“嘎嘎”怪叫着逼了上来。它们的嘴尖利异常，像钢打铁铸一般，上面还有血迹。它们跃跃欲试，要把我活活撕裂！

我简直快吓疯了。以我的个性，如果身体状况正常，一定跟它们拼个你死我活，但我此刻实在力不从心。我双手乱抓，想找一件武器，可地上除了烂泥什么也没有。我只能用毛毯裹住身体。一只胡兀鹫按捺不住，跳起来一下就把毛毯扯了个口子。其余的胡兀鹫也争先恐后地乱抓乱啄一气，把我的毛毯撕得稀烂。我的大腿也被抓破了，疼得惨叫。喷溅的鲜血激起了胡兀鹫进攻的欲望，恐怖的鸣叫霎时笼罩了我。我感觉自己被打入了地狱，无数狰狞的恶鬼把我包围！我用残余的半截毛毯捂住头，声嘶力竭地喊了一声："赞达，你在哪里？快来救我！"

我的喊声刚落，猛觉左边蹄声隆隆！一定是赞达！它发现险情，狂奔着过来救我了。本来它离我不远，大概昨晚为保护我太累了，刚刚打了个瞌睡。它的来势猛烈无比，裹挟着一股劲风！

胡兀鹫们惊叫着飞起来。赞达庞大的身躯一下子从我上方越了过去。几只没来得及飞起的胡兀鹫被撞歪了。我的心底升起一股暖流。这下有救了！

已经闻到血腥味，并且饥肠辘辘的胡兀鹫怎肯放过即将到嘴的美食？它们在半空盘旋了一阵后，又纷纷试探着向我冲击。它们想把我拖走或扯下一块肉先解解馋，但顽强、机敏的赞达没让胡兀鹫得逞。它不停地在我四周和上方跳跃着，阻挡着。

胡兀鹫是嗜杀成性的大型猛禽，它们处于高原食物链的最顶端，所有的动物都怕它们，包括雪豹和棕熊。今天，一头家养的牦牛竟如此跟它们作对，它们岂肯善罢甘休？眼看无法取胜，它们纷纷飞向高空，呼唤同伴来增援。

赞达趁这个机会，用嘴拖着我向前疾走，此刻我已无法爬上它的背。总这样也不是办法，我对它说：“别管我了，你快逃走吧，不然咱俩都得死。”赞达眨了眨大大的眼睛，似乎听懂了，但是并没停下来，最后来到几十米外的一个洞穴边。那是棕熊用来冬眠的，现在是空的，可以容我藏身。赞达小心地把我放下。它的举动让我感动得几乎落下泪来。赞达真是太有灵性、太聪明了。

赞达没敢久留，转身往回跑。片刻，几十只胡兀鹫便从天而降！天色还亮，我趴在洞边眺望着，吓得目瞪口呆。

穷凶极恶的胡兀鹫没有善罢甘休，它们兵分两路：一部分猛袭赞达的头部，企图抓瞎它的眼睛；另一部分用带钩的大嘴猛啄

赞达的腹部，那里的皮相对较软。这下赞达不能首尾兼顾，有些慌乱了，腹部被结结实实地接连啄了几下，皮被撕烂了，露出一个口子，鲜血四溢。胡兀鹫的嘴实在太尖利了。

赞达发出撕心裂肺的惨叫，痛楚可想而知，我也心疼得几乎昏厥过去。等我再次抬头看时，赞达已经躺在地上，胡兀鹫疯狂地在它身上撕扯着，它已经体无完肤！我大叫着，想扑上去救它，却一下急火攻心，天旋地转，昏了过去……

如果不是第二天一个气象考察队恰巧路过此处，救起了我，我肯定永远长眠在无人区的地洞中了。当时我和死人差不多。醒来的第一句话就是："赞达，赞达怎么样了？它去吃草了？怎么还没回来？你们看到它了吗……"

很显然，我已经神志错乱，考察队员们被我问得莫名其妙。当他们弄清楚赞达是一头牦牛时，他们把我带到一副血淋淋的骨架旁："是不是它？"我终于慢慢回忆起昨天发生的一切，确认赞达已永远离开了我，再次失声痛哭。考察队员们见我为一头牦牛如此伤心，都很奇怪。我哽咽着叙述了事情的经过，许多人都和我一样流下了眼泪。

我失去了赞达，但是更加热爱高原。

又是一年的夏天，我随科考队进入西藏的林芝地区，为散居在雪域高原的牧民同胞送去很多物品。我在强噶牧民点不小心负了伤，无法随大部队行动。负责人便留下一些食品，把我安顿在次仁多吉家里。他们一家对我照顾得无微不至。10天后，我康复了，听说大部队就在60千米外的尼西，我决定立即前往，尽早归队，投入工作。

10天来，我和淳朴的次仁多吉一家结下了深厚的情谊。得知我要离开了，他们依依不舍，同时也放心不下，因为我要独自穿越好几座峡谷和山峰。次仁多吉思忖再三，决定让拉格陪我去，把我护送到目的地后，拉格会自己回来。我愉快地答应了。

拉格是次仁多吉家养的一只藏獒。初次见面时，它对我凶猛无比，简直像一头雄狮。熟悉后，知道我是它主人的朋友，才对我好起来。我很喜欢动物，与它朝夕相处。听次仁多吉说，拉格本是一只野生的藏獒，在山上与一头棕熊对战中受了伤，正巧被他发现，便救回家。伤好后，它就不走了，成了次仁多吉家的一员，帮他放羊。不过，有时它也会跑到山里找同伴，但几天后肯定回来。这让我对拉格刮目相看。

第二天，我带上行装，在拉格的陪伴下上路了。前两天的行程很顺利，我一边走一边欣赏着念青唐古拉山壮美奇特的雪域风光。第三天进入尼洋曲峡谷时，天已黑了，我决定就在峡谷过夜，这里可以避风。走了一天，相当累了。我支起简易帐篷，和拉格一起吃了几盒罐头便睡了。拉格趴在外面为我放哨。

大约半夜一点钟，我被拉格的吠叫声惊醒了。莫非有险情？我急忙跑到外面，峡谷中黑沉沉的，显得十分压抑。我看了好一会儿，并没有发现异常，拉格也没出去迎敌，分明是没啥事。我睡得正香，拉格这不是添乱吗？

我进了帐篷又接着睡，可没过几分钟，拉格又冲进来，对我大声吠叫，好像发生了天大的事。我满腹狐疑地又走出去，依旧没发现什么，只是西面传来隐隐的雷声。高原气候多变，夏季降雨较多，那里一直在下雨。可这跟我有啥关系？就算这里也下雨，也该躲在帐篷里啊。

我再次进了帐篷，拉格不依不饶地紧跟着冲进来，突然叼起我的小背包转身就跑。那里全是我最重要的东西，拉格这是想干什么？我气急败坏地追出去。这时，峡谷中好像又多了另一种声响，轰隆隆似雷声，可分明又不是，并且越来越大。我若有所思，想想拉格如此反常的举动，突然明白了什么，急忙随着它往山坡上跑。没跑出几十米，那声响已轰然在耳，好像无数怪兽在咆哮，令人魂飞魄散。神秘未知的高原，什么都可能发生！我顿时起了一身鸡皮疙瘩。

终于，“怪兽”呼啸而至，看清了，是山洪暴发引发的泥石流！西面的雨下得太大太集中，高原植被又少，导致了山体滑坡，洪水夹杂着石块顺峡谷汹涌而下，势不可当地冲到了这里。这种大规模的泥石流破坏力十分骇人，所到之处无不被吞噬、碾碎。我的帐篷早没影了，刚才我若在里面，怕是至死也不知道咋回事！是拉格救了我！更想不到的是，它还把我最重要的小背包叼出来了！

我一把抱住它，喃喃地说："谢谢你，我的朋友！"奇怪，拉格是怎么提前知道这场灾难的呢？也许这和它极其灵敏的听觉和嗅觉有关吧！

泥石流一直在持续，脚下的山体也不安全，我们迅速翻越了山坡。渐渐地已听不到那骇人的咆哮，我因为缺氧累得瘫倒在地上，头昏脑涨。黑沉沉的夜依旧包围着我们，气温非常低，这可怎么熬啊！后面的旅程将更加艰难，因为食物全没了。

我正在发愁，突然发现远处的山坡上撒满了星星，绿莹莹的。难道星星会降落到地上？不对。拉格支起耳朵，显得极其紧张，很快它急促地吠叫起来。我马上明白大事不妙，那肯定是野兽，而且就是冲我们来的！

听说野兽怕火，我虽然有打火机，但上哪儿找干柴去？情急之下，我们赶紧往回跑，必须找个地方藏起来！一直跑了两百多米，才发现了一个岩洞，洞不太大，但可以容下我。我急忙一头钻进去，回头一看，我的妈呀，那群怪物已经离得很近了，可能是一群狼！但我仔细观察，它们不像狼，因为狼的腿较长，而它们的腿较短。明白了，这是一群豺！虽然个头比狼小，但更加凶残。听说它们很善于群体捕食，甚至敢于攻击大型猛兽。它们一般回避人类，但饿急了也会有攻击行为。

拉格守在岩洞外，冲它们狂吠，发出警告。但豺仗着“人多势众”，对拉格的警告不屑一顾，蜂拥而上，朝洞口猛扑过来！

拉格毫不畏惧地迎头冲了上去，闪电般叼住跑在最前面那只豺的脖子，一下子把它摔出去几米远。另几只豺恼羞成怒，围住拉格猛咬，一时惨吠声四起，乱成一锅粥。不断有尸体倒下，或被抛开！真令人眼花缭乱，心惊肉跳！到最后，只剩下一只站在那里，我定睛看，是拉格！我激动地叫起来。

拉格的神威狠狠地挫败了群豺的锐气，令它们不敢过分张狂。过了好一会儿，才又有几只豺冲上来。拉格不给它们可乘之机，再次猛扑过去。但这一次，豺没跟它正面交锋，而是转身就跑，拉格在后面紧追。不料，有一只豺突然从后面扑过去，速度奇快，伸出爪子在拉格屁股上猛抓一下，拉格疼得大叫，转身想追它，但它早已跑远了。当拉格继续往前追赶时，又有豺在后面偷袭。一时间，拉格陷入了群豺的迷魂阵，相当被动！

我看在眼里，气愤不已。都说豺狡诈，善于协同作战，果然如此。拉格势单力薄，想把群豺消灭根本不可能，弄不好反倒深受其害。听说豺最擅长用爪子掏动物的肛肠，一下子就能把肠子拉出来，这可是致命的绝招啊！我心中默念：拉格，你可得当心，提防豺冷不丁下毒手！

我正为拉格提心吊胆，突然有几只豺朝我猛扑过来！我瞅着那绿莹莹的眼睛就发晕，忙大叫："拉格，快回来！"同时捡起石头朝豺猛砸！万幸，拉格一直留意着我呢，很快向我猛跑过来。它大吼一声，转瞬间就到近前，几只豺见势不妙都跑了。很显然，豺一直在保存实力，尽量避免跟拉格硬碰硬。拉格又一阵追击，终于把逼近的豺都赶走了。

我们能暂时松口气了。拉格身上血迹斑斑，有自己的血，也有豺的。它呼呼地喘着粗气，相当累了。群豺很有可能在调整队形，准备发起攻势。仅凭拉格恐怕难以应对，看来今晚我们凶多吉少！

突然，拉格对着远处呼啸起来，接连叫了足有三分钟才停住，声音急切，有穿透力，在黑沉沉的夜空中传出很远。我从来没听它这么叫过。

群豺果然又开始新一轮进攻了。这次攻势极其猛烈，如同狂潮，看样子已摸清我们的底细，想打歼灭战了。拉格抖擞精神，力战群豺。但豺的阵势太大了，将它团团围住。

有豺扑向我，我也手舞藏刀加入了战团！

突然，拉格大叫了一声，紧接着远方好像传来叫声。就在我被几只豺围住，眼看支撑不住时，豺群突然乱了。我气喘吁吁地往后看，啊，又跑来十几只动物，比豺个头大得多，怎么有点儿像拉格？万幸，它们一来就对着群豺进攻。群豺显然如临大敌，不再纠缠我们，与那十几只动物大战起来。拉格也抖擞精神，加入了新的战团。

群豺不是新战团的对手，为避免更大伤亡，突然全体向后退，很快消失得无影无踪。我总算脱险了，可这究竟是怎么回事？

拉格来到我的身边，那十几只动物也围上来。我顿时感到十分紧张，但看到拉格高兴的样子，又仔细打量它们，原来那十几只都是藏獒！我明白了，拉格以前是野生藏獒，这大概都是拉格以前的同伴吧！危急关头，拉格发出求救信号，把它们召唤来了！如果不是亲身经历，谁相信会发生这么神奇的事情？

过了一会儿，藏獒们去吃死豺了，地上的死豺很多。吃饱后，它们又与拉格亲热了一会儿，便远去了。

这时，天已经快亮了。

在拉格的护送下，我终于安全找到了大部队。仅休息了一小时，拉格就踏上了归途。分别前，我紧紧搂住它的脖

子，情不自禁地流下了热泪。

几年后，我离开了西藏。无数个不眠之夜，我都会想起赞达。它在我的梦中是活着的，充满了力量，同时我也深深地想念拉格，想念那一群救我性命的可爱的藏獒。我觉得这是我人生最宝贵的财富，衷心希望有更多的人和我一样幸运。人类和动物应该是朋友！

高原之舟
——牦牛

牦牛全身黑褐色，体躯紧凑，颈短耳小，皮厚，表面积小，汗腺机能极不发达，身体两侧和胸腹、尾部长有长毛且稠密，可御寒防湿；心胸发达，气管粗短，红细胞大，血红蛋白含量高，呼吸、脉搏快，适应高原缺氧环境；嘴巴宽大、嘴唇灵活，能啃食矮草；蹄质坚实且有软垫，善走陡坡、沼泽、雪山、激流。它们具有耐苦、耐寒、耐饥、耐渴的本领，对高山草原环境条件有很强的适应性。

别名 | 亚归、猪声牛、西藏牛

种属 | 哺乳纲偶蹄目牛科

体长 | 2—3米

体重 | 约1000千克

分布区域 | 青藏高原及附近地区

◎出没地带

海拔4000—5000米的高原草甸、灌丛、荒漠

◎最喜欢的食物

鲜嫩草料

◎保护级别

易危物种、国家一级保护动物

胡兀鹫为亚洲仅有，头和上颈裸露是它突出的特征，喜食腐食。它们常常单独在开阔的低地上空飞翔搜寻食物，偶尔也到荒山裸岩地区寻找食物，发现尸体后便发出尖利的叫声。同伴听到呼声会很快聚集起来，将尸体啄食一空。

◎出没地带

开阔的低山丘陵或山脚平原地区

◎最喜欢的食物

动物尸体

◎保护级别

极危物种、国家一级保护动物

别名	大胡子雕、胡秃鹫
种属	鸟纲隼形目鹰科
体长	100—140厘米
体重	3.5—5.6千克
分布区域	东南亚、东亚、西亚

食腐猛禽——胡兀鹫

第五章

热带山林巨蟒惊魂

扫码即可
声临其境

都市的繁忙生活经常让我感到疲乏，每隔一段时间，我就会跑到大自然中去好好放松一下。2005年，我选择了去云南南部的耿马傣族佤族自治县度假。我不是走马观花式地旅行，而是选择在邦马山深处的一个小山村住下来，好好享受那里清新幽静的生活。

我的房东是个50多岁的中年人，叫岩华，曾在山里跑运输。他在家里养了几匹马，是地道的云南马，这种马主要产于滇西，体形较小，但脚力不错，耐力很强，特别适合爬山和长途跋涉。它们经训练可以完成复杂的动作，很聪明。据史料记载，南宋时，威震天下的岳家军所骑的马大多是云南马。

我和岩华相处得非常融洽，对淳朴的山里人，我一向很尊重。他允许我骑他家最好的一匹马——撒风进山。

岩华说:“撒风的外表看不出什么特别,可万一真的碰到紧急情况,你就知道撒风的厉害了。当然,我还是希望撒风别表现,哈哈……”我也大笑起来。

接下来的日子,我骑着撒风进山玩,相当惬意。撒风栗色皮毛,看着普通,但的确是匹好马,身体异常结实,耐力和速度都很好。我们配合得越来越默契,我甚至考虑把它带出去训练成有中国特色的赛马。

这天,我骑着撒风进了山,决定到原始森林中见识见识。我拿着指南针,命令撒风一直向西,渐渐地,我们到了人迹罕至之地。

那里景色非同一般,榜树、茶梨、羽叶楸、红椿、山核桃等热带植物展示着奇特的风姿,令我大开眼界。撒风脚力出众,中午时已走出25千米,到了一道山脊上。这里地势高,林木茂密,凉风习习,适合避暑。

撒风有些饿了,低头吃起草来,我则忘情地跑到一边欣赏奇花异草。无限风光尽在眼前,今天真是不虚此行。

正沉浸在喜悦中的我突然觉得身上猛一沉,险些站不住脚,好像身后有人搞恶作剧似的。我平时对恶作剧之类的行为很反感,眼下更是愤怒……我转过头,差点被吓得魂飞魄散——哪里有什么人恶作剧,而是一条大蟒蛇缠在了我身上。低头一看,它花花的身子有碗口粗,还在一圈一圈

地往我身上缠！眼看就要被完全缠住，我真想大叫一声，猛烈挣脱逃跑，但是理智使我强忍住，愣是一动没动！我很清楚，一旦我挣扎，大蟒蛇就会使劲勒我。我不但跑不了，还会被活活勒死。

这时，撒风走了过来。它离我很近了，大蟒蛇也发现了它，张开嘴，向它吐芯子。我瞪着撒风的眼睛，轻轻摇头，示意它千万别轻举妄动，现在稳住大蟒蛇才最要紧。

撒风好像明白了，没有过分惊动大蟒蛇，在四五米外站住了。我松了一口气。我希望大蟒蛇取完暖后放了我。可转念一想：不对，大蟒蛇不是傻子，应该能分辨出我是一个活物，是可以作为食物的。一旦它取完暖，身体机能活跃起来，就可能引发食欲！它的肚子是瘪的，一定很饿，要不也不会冻着。我已经是它的囊中之物，它随时都可能吞掉我。

这样一想，我身上的冷汗就唰唰地下来了，我的处境太危险、太恐怖了。我会被大蟒蛇活活吞下去。天哪，无法想象！

怕什么来什么，这时大蟒蛇真的抬起头，张开嘴逼近我的脑袋。我经历过很多事，自恃是一个不会害怕的人，可这一刻，我真的怕了！我没有任何反抗能力，甚至根本不敢动弹，只能眼睁睁看着。

生死攸关的时刻，撒风突然逼过来，摇头晃脑的。大蟒蛇当然不允许有人在它眼前撒野，所以立刻把头从我脑袋处移开，向撒风吐起芯子来。

撒风平时是比较沉默的，此时像换了一匹马，非常活跃亢奋，在我们周围连蹿带跳，嘶鸣阵阵。起初我很惊诧，以为撒风被吓出毛病来了，可随即一想：撒风要是害怕早一溜烟跑了，干吗在这乱蹦跶？它是在故意吸引大蟒蛇的注意力！我对撒风充满了感激和敬意！撒风真是匹奇马，它在机智勇敢地努力营救我！

大蟒蛇被搞得相当烦躁和恼怒。它渐渐地从我身上松开，对撒风摆出了进攻的架势，这是在宣战！我默默警示撒风：你要小心，大蟒蛇可能要攻击你！它的速度可是很快的，别看它没腿没手的，却能以闪电般的速度把你咬住！

这次，撒风没接受我的暗示，反而更加兴奋，晃着脑袋几乎要冲到大蟒蛇跟前了。大蟒蛇忍无可忍，猛烈出击，咬向撒风的脑袋！撒风被咬住，它奋力地摆脱着。但是大蟒蛇已迅速缠到它身上，我因此解脱了。

我像做了一个噩梦，猛地跳向一边。这时迎面传来撒风的叫声，一眼望去，它已跟大蟒蛇纠缠在一起。大蟒蛇完全缠到了它的身上和脖子上，虽然没咬住它的嘴，但也很快会让它窒息。撒风完全是为了解救我才被大蟒蛇缠住的，我岂能袖手旁观？

虽然知道不一定是大蟒蛇的对手，但我豁出去了。我捡起几块尖锐的石头猛地砸向大蟒蛇。大蟒蛇突然闪电般扑向我，撒风趁机挣脱，看准大蟒蛇粗壮的躯干猛地一踩，紧接着四个蹄子轮番施压。大蟒蛇发出极其痛苦的叫声，晃动脑袋，鲜血喷涌出来。

终于平安脱险！今天多亏了撒风，我上前抚摩它的身子，查看它的伤势。它的脖子和身上被勒得脱了皮，有些发肿。我心疼不已。

大蟒蛇已经死了，我简单量了一下，这家伙有近6米长，体重不下50千克，真是个庞然大物。为防止再发生意外，我牵着撒风匆匆返回。

回到家，岩华听我讲完事情的经过也相当惊诧和感慨。我说，撒风真了不起，它对人的感情让我感动。遇到那么大的危险没有独自逃命，而是奋力解救主人，精神可嘉，它的勇敢和智慧更是令人震惊。我全力给撒风治伤，把它安排妥当才离开。

这次旅行，我还有幸认识了一名老森林勘测队员。我们谈得很投机，他给我讲了发生在他身上的一个难忘的故事。我整理了他的自述。非常巧，他的故事里也有一条大蟒蛇，确切地说，是超级大蟒蛇！下面是他的讲述：

我是一名老森林勘测队员，1981年夏天，我随某林业勘测大队开进武陵山区。

武陵山位于湘、黔、鄂、渝四省、市交界地带，沟壑纵横，草木森森，林木资源储量相当可观。我所在的分队驻扎在广南县一个叫旧莫的小山村。我的房东是个六十多岁的老人，非常善良和蔼。老人曾以采药和采山货为生，家里养了一只老金丝猴，据说是很多年前在山上救下的。那金丝猴周身披着金灿灿的毛，脸庞呈蓝色，鼻孔上翘，双目炯炯有神。它极通人性，多年来跟老人出生入死，感情很深。我特别喜欢跟它逗着玩，有了好吃的也想着给它吃。它的名字叫阿金，查阅资料发现，那应该是一只黔金丝猴。

由于时间紧、任务重，全队实行分散作业。森林勘测工作是非常艰苦的，必须深入到林区腹地，进行复杂而细致的测量，计算出各个树种的蓄积量。我主动向指导员要求去那酒沟勘测。那里非常偏远，人迹罕至，常有猛兽出没。

老房东得知我要去那酒沟的那一刻，神态十分严峻，沉默良久。在我出发前夜，老人希望我带上阿金一起去。一个人实在太危险了，阿金很聪明，又机警，能帮上忙。我很高兴，有个伴儿总比没有强，况且我又如此喜欢阿金。

一天清晨，我背着十几千克重的仪器等物品，在阿金的陪伴下，进入了那酒沟腹地。沟中树木的繁茂程度超出了我的想象，遮天蔽日，令人寸步难行。

工作进展得还算顺利，晚上我在几棵树干间拉起吊床露宿，阿金在树上给我站岗放哨。野兽的稀奇古怪的鸣啸不时响起，令我胆战心惊。如果没有阿金，一夜也别想合眼。一进入大森林，阿金更显得如鱼得水、聪明异常，为我指路、驱赶虫蝎，帮了大忙。

第二天，工作继续紧张地进行。中午时分，我累得够呛，便在一棵大树下歇息，吃些东西。阿金跑前跑后也累了，我也给了它一些吃的。

突然，阿金尖啸一声，纵身向我迎面猛扑过来，吓得我目瞪口呆，不知所措。恍惚中，阿金悬在我头顶不动了，并发出异样的怪叫！我急忙趁势滚到一旁，扭头往上看。不看则已，这一看，我的眼珠子差点儿瞪出来，同时大脑“嗡”的一声发蒙！

只见一条足有水桶粗的大蟒蛇正倒垂下黄绿色的身子，张开血盆大口，咬住了阿金的头部。我立刻明白了：刚才大蟒蛇想偷袭我，阿金发现险情，来不及报警，索性扑上去，用身子一挡。

大蟒蛇的大部分身子盘在树上，藏在浓密的树冠中，弄不清它有多长，好一条可怕的巨蟒！我虽然怕得要死，但还是冲过去，一把抓住阿金的一条腿。大蟒蛇叼住阿金使劲往上拽，我则拼命朝下拉。大蟒蛇的劲儿太大了，竟把我俩

都提了起来。我两脚悬空,离地足有一米多高,吓得脸都绿了,更担心阿金的安危。

阿金没有坐以待毙,奋力腾出爪子猛挠起来,终于迫使大蟒蛇松了嘴,我们一起摔在地上!我丝毫没敢停留,站起身转头就跑,阿金也连蹿带跳地往外逃。

大蟒蛇晃动脑袋紧追其后,但它的大半个身子仍盘在树上,大概已把那棵大树当成了老巢,轻易不离开。我们总算逃脱了,我跑出几十米后跌坐在地上,气喘吁吁,如同噩梦般的经历让我心有余悸。

阿金一直在我身边,我急忙抱起它查看伤情,幸好只受了皮肉伤,并无大碍。我心里踏实了许多,为它擦去身上腥臭的黏液,想赶快离开这凶险之地,但我的所有仪器及各种测量记录都丢在刚才的大树底下。那些东西对我极为重要,是绝对不能丢的,但大蟒蛇一直据守在那里,怎么取出来呢?

阿金明白了我的心思,也替我着急,急得抓耳挠腮。突然,远处传来一声富有穿透力的啸叫,并越来越接近,不用说,有大型猛兽过来了,很可能是一只凶猛的华南虎!今天真是祸不单行,我瞅着附近有一棵樟树,急忙跑过去往上爬,爬了七八米高,在一个树杈上坐定身子。阿金随后也爬了上来,比我爬得高得多,站到树顶上朝远处张望。

又传来几声虎啸，却并非越来越近，看来它并不打算到这里来。我松了一口气，阿金却似乎有些失望，它很快下了树，向虎啸传来的方向跑去。我莫名其妙，想叫它时已经晚了。它究竟想干什么？

约莫过了十几分钟，阿金终于跑了回来，它的身后跟着一只毛色斑斓的华南虎！我吓得倒吸一口冷气。华南虎气势汹汹地追赶着阿金，阿金处境十分危险！它为什么不好好待着，偏要去招惹猛虎呢？

阿金身体极为灵活，华南虎轻易抓不着它。它径直跑向刚才那棵大树，大蟒蛇还在那里垂着身子。这不是去找死吗？我吓得惊叫起来！果然，大蟒蛇见阿金跑过去，喜不自禁，晃动脖颈，张开大嘴，喷着一尺多长的芯子，凶相毕露。

眼看阿金离树干不足10米了，大蟒蛇恶狠狠地向它咬去！阿金却早有防备，陡然转身逃开了。大蟒蛇扑了个空，半截身子在半空摇荡。恰在此时，华南虎跑到近前。大蟒蛇不可一世惯了，没把华南虎放在眼里，竟也对着它龇牙咧嘴，耀武扬威！华南虎乍见巨蟒，吃了一惊，见对方满怀敌意不由勃然大怒，咆哮一声猛扑上去！我恍然大悟，是阿金故意把华南虎引过来的，希望它能对付大蟒蛇。

大蟒蛇岂肯示弱，张嘴就咬。但华南虎太凶猛了，粗壮

锐利的虎爪一下就把它的下颚撕开一道口子。大蟒蛇负痛抬起身子。华南虎想趁胜将其消灭，却怎么也够不着大蟒蛇，连蹿带蹦，累得够呛。

我在树上目睹老虎与大蟒蛇的激战，又惊又怕又喜，这是名副其实的“龙虎斗”啊！真是可遇不可求。

这时，华南虎有些累了，想退下来歇一会儿。可它刚一转身，大蟒立即探下头，在它屁股上狠狠咬了一口。华南虎疼得大叫，忙不迭地跑开。

大蟒蛇见状大喜，巴不得马上把华南虎咬死吞吃，可它抻直了脖子，却怎么也够不着跑远了的华南虎。

或许怕华南虎缓过劲儿来跑掉，大蟒蛇终于下决心从树上落下地来。好家伙，它藏在树冠中的身子更长！刚一下树，它就迫不及待地向华南虎一口咬去！

不料，华南虎狂啸一声，陡然跃起，排山倒海般迎了上去，虎爪捣进大蟒蛇的嘴里，大蟒蛇当即被捣了个血肉横飞！随后，华南虎又咬住大蟒蛇的脖颈，拼命撕扯。大蟒蛇被打了个措手不及，试图还击，虽然它块头占优势，但灵活性和爆发力比起华南虎却差很多！在华南虎急风暴雨般的狂击下，大蟒蛇已遍体鳞伤，晕头转向。它想使出最拿手的绝技缠住华南虎，但已经太晚了，只见它的一个伤口突然像涌泉一样喷出血来，我猜想准是它的心脏被击中了。华南虎不再进攻。大蟒蛇极其痛苦、疯狂地在那里扭动，鲜血溅得到处都是，令人不寒而栗。

十几分钟后，大蟒蛇终于瘫在地上，一动不动了。这时华南虎跑过来，剖开蟒皮，吃起蟒肉来。大蟒蛇那么大，它当然吃不完。吃饱后，华南虎抬头看了看我和阿金，就慢悠悠地走远了。

又过了好一会儿，估摸着没危险了，我才从树上下来，所幸我的仪器等物品基本完好。出于好奇，我对死蟒进行了粗略的测量。它足有11米长，胸径最粗处有

45厘米！这些数据及当天发生的一切都真实地记在了我的日记本上。

这是我几十年勘测生涯中最难忘的一次经历。如果没有智勇双全的阿金，我就死定了。我对阿金的救命之恩念念不忘，之后每年都会抽空去看它和老房东。1990年，老房东不幸去世，阿金竟也神秘地失踪了，村里人都不知道它去了哪里。

耐力惊人的滇马

别名 | 云南马、矮脚马

种属 | 哺乳纲奇蹄目马科

体长 | 约122厘米

体重 | 约240千克

分布区域 | 云南

滇马是中国历史上的优良马种，大理马、乌蒙马、腾冲马等品种都属于滇马。原产于云南滇西和滇东的乌蒙山区，为高原、山区拉车、驮物、骑乘的重要交通工具。它结实精悍、运动灵活，善于登山越岭、长途跋涉，耐粗饲，有良好的适应性。在著名的茶马古道上使用的多是此马。它们的出生地多高山峡谷，地貌复杂、气温骤变，因此滇马有吃苦耐劳、轻便灵活、善于攀登的优良特性。

◎出没地带

高原、山区

◎最喜欢的食物

芦苇等草料

别名 | 灰金丝猴、白肩猴、白肩仰鼻猴、牛尾猴、线狨

种属 | 哺乳纲灵长目猴科

体长 | 60—70厘米

体重 | 13—16千克

分布区域 | 贵州

◎出没地带

海拔1700米以上的山地阔叶林

◎最喜欢的食物

植物的叶、芽枝、果实及树皮等

◎保护级别

濒危物种、国家一级保护动物

黔金丝猴形似川金丝猴，但尾更长，蓝面孔，朝天鼻，毛色金灰相间，仅生长在贵州境内武陵山脉的梵净山上，数量极为稀少。它们的生活模式一般为多雄多雌的混合家族群形式，数量150—250只，混合家族的规模会因四季发生变化。

梵净山上的黔金丝猴

第六章

雕鹤大战

扫码即可
声临其境

几天来，我穿行在乌苏里江边的大片湿地中，心里有说不出的兴奋，甚至亢奋。这里真的太美了，芦苇和灌木极其茂盛。我从渔民家借了一条小船，可以自由地在交错贯通的水道里前进。我从乌苏里江的一条支流一路顺流而下。到了这里，真像到了天堂，因为我很喜欢水，原本以为只有在南方才能有这么美丽的水景。我知道，这里美妙的风景，是短暂的：现在是盛夏时节，肥沃的黑土和湿润多雨的气候造就了这一切；等到了冬天，一切将变成冰冻的世界。也正因为短暂，才美丽得如同幻觉，令人感叹。

乌苏里江是黑龙江右岸的一大支流，是中国东北部与俄罗斯边境上的一条重要界河。两岸资源丰富，有山葡萄、山梨、猕猴桃、北国红豆、草莓等野生浆果几十种，此外还有蕨菜、薇菜等各种野菜。这里人烟稀少，森林、草原、沼泽广布，

水域丰盈；又处于鸟类迁徙繁殖的重要地带，给珍禽异兽提供了栖息、觅食、活动、繁殖的良好场所。所以这一带自古就是各种走兽和飞禽云集的地方，曾有“棒打獐子瓢舀鱼，野鸡飞到饭锅里”之说。

这里的丰饶不输南方，可以轻易地钓到鲤鱼、鲫鱼、鲢鱼等，还有一些我叫不上名字的鱼，野果和野菜也随处可以采到，用这些新鲜食材做的菜非常美味，是纯天然的味道！乌苏里江是联合国认可的没被污染的河流之一，在没有污染的水域中长大的野生鱼，能不好吃吗？我带的给养不多，又想多考察几天，只能自己解决吃饭问题。我每天只钓几条鱼，够吃就行。我非常感恩大自然赐予我的一切。

当然，除了鱼，这里的野生动物也很多。可惜肯定不如传说中的多了，这也正是我来这里考察的原因。我看到了很多野鸟：白鹳、鸳鸯等，它们都把这里当成了家园。我所在的位置是远离人烟的地方，距离我的出发地虎林至少50多千米。我很庆幸这里特殊的地形和大片沼泽淤泥，使得人类很难在这里定居，才有了这么美好的一切。因为水网密布，这里不太适合大型猛兽生活，当然，也有一些，比如东北虎等猫科动物，狼等犬科动物，还有黑熊生活在这里。

昨天，我通过望远镜发现了一对丹顶鹤带着一只小鹤，我的喜悦难以形容！丹顶鹤是十分珍稀的鸟，数量很少。我立即将小船靠岸，找到一个地势较高的地方，对它们进行细致的观察。这是宝贵的第一手观察资料。丹顶鹤在我的印象里是充满了传奇色彩的珍禽。它们喜歌善舞，体态飘逸雅致，舞姿优美超群，鸣声超凡脱俗，不鸣则已，一鸣惊人，诗经中有“鹤鸣九皋，声闻于天”之说。另外，它还是有名的爱情鸟、痴情鸟，对爱情专一，忠贞不渝。

我所见到的那几只丹顶鹤是在一处水面宽阔的小岛上。那里大型动物过不去，比较安全。丹顶鹤是如此的美丽，这是我第一次观测到野生的丹顶鹤。它们特别高大，伸长脖子几乎跟成人差不多高，身上洁白，只有脖子是黑色的，头顶红色，不纯的砒霜与丹顶鹤头顶的红色差不多，所以人们将其称之为“鹤顶红”。我一直致力于让人们知道真实的自

然，用科学的态度了解世界。

在传统文化中，丹顶鹤自古地位就很高大上，它在明清朝时期就被赋予了忠贞清正、品德高尚的文化内涵。一品文官的补服上面绣丹顶鹤，把它列为仅次于皇家专用的龙凤的重要标识，因而人们也称鹤为“一品鸟”。2003年，中国国家林业局和中国野生动物保护协会启动了国鸟评选活动。2004年，中国野生动物保护协会、中国新闻社、新浪网联合全国新闻网站举办了网上推举国鸟活动。在候选的10种鸟类中，丹顶鹤获得的选票，遥遥领先于其他竞争者。中国国家林业局把丹顶鹤作为唯一的国鸟候选鸟上报国务院。

根据我的观察，这对成年丹顶鹤的确具有高贵的气质。我的观测点不错，旁边有茂密的芦苇，可以清楚地观测丹顶鹤，又不会被发现。丹顶鹤的叫声高亢、洪亮，它颈长，鸣管也长，是人类气管长度的好几倍，就像西洋乐中的铜管乐器一样，发音时能引起强烈的共鸣，声音可以传到3—5千米以外。

我与它们相距大约600米，它们一叫，简直有点震耳，由此可以判断它们的身体十分健康。小鹤的状态也不错，跟着大鹤学习觅食。它们的食谱很丰富，有各种鱼、虾、水生昆虫、软体动物、蝌蚪、蛤蜊、钉螺以及水生植物的茎、叶、块根、球茎和果实等。小丹顶鹤必须知道哪些能吃以及怎么能吃到。据说刚孵化的小鹤一身绒毛，是最可爱的。现在它已经长得比较大了，到秋天的时候，必须具备完全的飞翔能力，跟随爸爸妈妈飞越万水千山，到达温暖的中国南方地区去寻找食物。

一天过去了，丹顶鹤一家歇息了，但总有一只大鹤是醒着的，保持着戒备。我也悄悄躲到芦苇下面，正好这里比较空阔，我支起了小帐篷，然后就钻进睡袋休息。白天很温暖，甚至很热，到了晚上气温很低。我观察了一下远处，岛的四周不但有水，也有淤泥，因此大中型野兽几乎不可能过来，可以放心睡觉。对了，如果有危险，说不定丹顶鹤也能报警，它们发出的声音足以把我惊醒。在野外，本身就是探险，不可能是绝对安全的。

第二天，果然是丹顶鹤的叫声吵醒了我。新的一天开始了，望着升起的霞光，我有一种说不出的喜悦。生命是多么美好，自然是多么美妙，只有真正跟大自然融为一体，才能真切地感悟生命的真谛。我悄悄走到水边洗漱，又取了水准备做饭。在野外饮用水必须是清洁的，虽然这里没有污染，但各种微生物比较多，必须烧开了才能喝。水桶里还有一条鱼，我很快做好了饭，吃饱后又开始观测。丹顶鹤的智商比较高，并不太怕人，所以我的活动不会打扰它们。

三只丹顶鹤在浅水里捕捉着小鱼。它们的腿很长，行动自如；嘴也很长，如同剪子一样，能轻易地夹住鱼虾，然后吞下去。它们体型不小，每天消耗的能量也不少。

两个多小时后，体型稍微大点的丹顶鹤飞起来，向远处

飞去。我猜测，它可能去寻找更适合的巢穴和栖息地了。老在这里吃，食物越来越少就不够吃了。当然，寻找新的食物源也没那么容易，要各方面条件都符合，而且不能跟别的鸟类发生冲突。它飞得越来越远，都看不到了。

剩下的一大一小两只鹤，我猜测是妈妈和孩子。它们又吃了一会儿，就开始休息了。大约20分钟后，小鹤起来独自玩耍。各种动物小时候都比较贪玩吧，渐渐地，它跟妈妈之间有一段距离了，当然，还是在小岛上，所以妈妈也没在意。

突然，一个影子出现在我的视野里，速度十分地快，从天而降，我以为是幻觉，但很快看清了，那是一只猛禽！它只有在捕食时，才会如此迅猛！它的目标是那只小丹顶鹤！这只猛禽也许一直隐藏着，也许刚路过，看到时机就采取了突然袭击。

瞬间，它就接近了小丹顶鹤。小家伙完全吓傻了，不知所措，呆立在原地。根据我的经验，这是很多猛禽最常见的一招——“闪电穿刺”，就是猛然飞过去，用尖利的爪子瞬间插进猎物的身体或脑袋，猎物当场毙命！

大丹顶鹤发现了猛禽的阴谋，不假思索地疾奔过去，也是眨眼间就到了跟前。然后，它那如短剑一般的嘴猛地朝猛禽的身上扎去，动作刚烈又优美，如同剑客使出了最拿手的一招！

猛禽本来以为能轻松杀死小鹤，却被大丹顶鹤的气势吓住了！如果它不考虑后果，那么没有悬念，那短剑一般锋利的鹤喙将会插进它的身体，甚至穿透。它别无选择，只能猝然闪开！小丹顶鹤还没看清发生了什么，就已经远离了死神。

那猛禽不敢降落，在空中画了一个高难度的弧线，又飞了起来。大丹顶鹤立即用身体挡住了小鹤。丹顶鹤繁殖率比较低，一年只产1—2个蛋，经过一个月耐心的孵化，小鹤才能破壳而出。因此丹顶鹤会对小鹤倍加爱护，绝对不允许敌人伤害小鹤。

刚才的一幕当真是把我惊出了 一身冷汗，太突然了，就是几秒钟发生的事情。我十分佩服丹顶鹤妈妈的英勇和果断的处置。

猛禽在空中盘旋，我根据它的特征，判断那是一只成年的金雕，身长足有1米，羽毛大部分暗褐色，但有些部位呈现出金色的光泽，显得十分威猛。我很吃惊，这也是十分少见的猛禽，今天能目睹它的捕猎活动，也真是难得！当然我还是希望它赶紧飞走……

但是这只金雕在小岛上空盘旋片刻之后，又朝雌丹顶鹤扑过去。雌丹顶鹤毫不畏惧，跟它展开了激烈地交锋。

金雕的武器是锋利的爪子，丹顶鹤并不是猛禽，武器只有它的长喙。当然，论块头，丹顶鹤占优势，体重是金雕的两三倍，有十几千克重。如果没有体重的优势，它根本不可能跟凶猛的金雕对峙。

雌丹顶鹤为了保护小鹤，没有退缩，金雕也似乎杀气十足，一场猛烈的厮杀使双方都受了伤。由于动作很快，我也没看清它们对决的招数。

相比之下，还是雌丹顶鹤的伤比较多，脖子和翅膀都被抓破了，洁白的羽毛上沾染了鲜血，让我十分心疼。金雕也被戳了几下，但不是很重，它占了空中的优势，是主动进攻的一方。雌丹顶鹤为了保护小鹤，基本处于下风。

金雕认为自己即将取胜，加强了进攻，想尽快把雌丹顶鹤打倒，然后把瑟瑟发抖的小丹顶鹤抓走，当然，它可能也有伴侣或孩子需要喂养……因此对于如此惨烈的搏杀，只能靠自然的裁决！当然，我是希望丹顶鹤取胜的。

危急时刻，传来一阵长鸣。我往天上看，刚才飞走的那只大丹顶鹤回来了。如果让我眼睁睁地看着小丹顶鹤被抓走，真的会让我非常难过的！

雄丹顶鹤体型大一些，也更加强壮有力，叫声响入云天。它应该是听到了伴侣的呼叫，急忙赶了回来。

金雕也被那叫声吓得够呛，不敢继续进攻雌丹顶鹤，急忙飞了起来，准备应敌，毕竟雄丹顶鹤来势汹汹。

雄丹顶鹤见到伴侣受伤，对入侵者恨之入骨，立即朝它猛扑过去。金雕已经飞了起来，攥紧爪子严阵以待，雄丹顶鹤的嘴刚一靠近，就差点被它抓到。金雕的爪子跟钢钩差不多，能戳进大猎物的骨头缝里。雄丹顶鹤见刺不到它，又

猛地用翅膀打了金雕一下。金雕身体立即失去平衡，发出了惨叫。

都说大型涉禽的翅膀很厉害，甚至能把人的腿打断呢，今天看来果然是不可小觑。

金雕飞翔技术高超，身子轻盈灵巧，当然不会被一下击落。金雕调整身体，很快又飞起来，不断地向雄丹顶鹤发起反击。

猛禽果然是猛禽，飞行控制能力真的是超强，在空中想快就快，想停就停。双方又进行了几次交锋，狡猾的金雕很快摸清了雄丹顶鹤的实力——它毕竟不是掠食动物，基本就是两个武器，几个招式，对于能把狼打败的金雕来说，实在是小菜一碟。

金雕不断猛扑，把爪子伸向雄丹顶鹤。雄丹顶鹤只能用翅膀猛扇进行抵挡，虽然也能打中金雕，但自己的翅膀也受了伤。看得出，虽然雄丹顶鹤有体重上的巨大优势，实际还是处于下风的。在空中，它远不如金雕灵活，能跟凶悍的金雕较量这么长时间，已经很不容易。可是它不能落地，不然，金雕更能从空中发动猛攻，它们一家就更加危险。可是在空中一边飞翔一边打斗，无疑要消耗巨大的体力，恐怕它也支撑不了多久！

两只翼展都有2米多的大鸟在空中较量着，场面蔚为壮观，我看得直冒汗。我担心雄丹顶鹤突然支撑不住，金雕丧心病狂，血腥的一幕会上演。

雄丹顶鹤用尽力气往远处飞去，似乎想逃走。

金雕犹豫了一下，似乎在想是先进攻谁。地面上，雌丹顶鹤牢牢护着孩子，它根本没有可乘之机。即使下去，也是一场拼杀。雌丹顶鹤会跟它拼命，它未必能占到便宜，雄丹顶鹤也可能从后面进攻，它很可能腹背受敌。

于是，金雕猛地追逐雄丹顶鹤，速度非常快，据说它飞行时速能达到300千米！看得出，它是想拼尽全力给对手致命一击，只要雄丹顶鹤丧失战斗能力，小丹顶鹤最终必然是它的食物。

金雕那锋利的爪子即将插进雄丹顶鹤的身体里，我不敢看了，放下了望远镜。

我叹了一口气，过了一会，再次拿起望远镜。此刻，两只大鸟已经扭打在一起，身子贴得相当近，都在发出凄厉的叫声！

无法知道那一瞬间发生了什么，雄丹顶鹤应该是受到了重伤，但也没放过金雕，也许用长嘴刺中了它吧。但可以肯定，如果它们都受伤的话，雄丹顶鹤的伤会重得多。

是雄丹顶鹤用翅膀抱住了金雕，还是金雕的爪子插进了它的翅膀，我实在看不清。但我可以看清的是，两只大鸟突然急速坠落，像在高空中失去动力的飞机。

很显然，金雕是被迫坠落的，因为雄丹顶鹤的块头比它大得多，抱着它直接掉进了下面的水里！

我看得目瞪口呆，一时间反应不过来。

落水后，雄丹顶鹤依旧拼命控制住金雕，把它压入水中，当然，丹顶鹤的脖子很长，是可以呼吸的。金雕就比较惨了，它的脑袋一直在水下。水花在翻滚，它在剧烈挣扎，雄丹顶鹤没有丝毫放松。

一分钟过去了，水下平静了，雄丹顶鹤又坚持了一会儿才猛然跃起，挣脱了金雕的身子。它的半个翅膀几乎掉了，身上也是伤痕累累，最终它胜利了！

它已经飞不起来，只能笨拙地划水，或行走，走向那个小岛——它的家，它的亲人！

雌丹顶鹤飞过来，落在它的身边，搀扶它前行。它们不时发出叫声，我看到，水面上有一点点殷红。

后面，金雕的身体漂了起来。它太大意了，被雄丹顶鹤突然间压住溺水而死，令人叹息。它要是反应快点也许就没事。当然它要是早点退出就更好了，还可以到别处捕猎。它完全没想到会遇到这么拼命的丹顶鹤。

雄丹顶鹤的伤势非常重，它几乎走不动了，雌丹顶鹤在用身体推着和托着它走。刚一上岸，它就倒下了。小丹顶鹤吓坏了，依然跑过去，依偎在爸爸身边。

我仔细观察了一下，雄丹顶鹤虽然伤痕累累，但似乎没有致命的地方，不至于死掉，最坏的可能是失去飞翔能力，冬天留在这里，等待它的也只有死亡。但它不会后悔，这是值得的，毕竟杀死了敌人，保卫了孩子和伴侣的安全。我希望它能好好休养，恢复飞行能力。有雌丹顶鹤的陪伴，它不至于饿死。

我的心灵受到了强烈的震动。这里是如此的美丽，美得让我窒息，但大自然也有血腥残忍的一面。雄丹顶鹤用生命保卫了自己的家，保护了后代的生存。只有勇猛无畏的性格，才能在大自然中生存。但愿小丹顶鹤也能继承这种血性，好好生活下去。

我觉得此行的收获已经非常大了，对大自然的敬畏陡然增加。我划着小船离去，站直身体用望远镜凝望。小岛上，三只丹顶鹤依然离得很近，在雄丹顶鹤嘴边，是几条似乎还活着的小鱼，那肯定是雌丹顶鹤刚刚叼来的，我的眼睛湿润了……

动物观察笔记

优雅迷人的丹顶鹤

丹顶鹤以美丽的身姿、优雅的体态闻名于世。

长途飞行是它们的拿手本领，飞行高度甚至能超过5400米，时速可达40千米。

别名 | 仙鹤、红冠鹤等

种属 | 鸟纲鹤形目鹤科

体长 | 约160厘米

体重 | 7—10千克

分布区域 | 中国、日本、韩国、朝鲜、蒙古和俄罗斯等

◎**出没地带**

开阔平原、沼泽、湖泊、草地、海边滩涂、芦苇、沼泽以及河岸沼泽地带

◎**最喜欢的食物**

鱼、虾、水生昆虫、软体动物、蝌蚪、蛤蜊、钉螺以及水生植物等

◎**保护级别**

濒危物种，国家一级保护动物

别名 | 金鹫、老雕、洁白雕

种属 | 鸟纲隼形目鹰科

体长 | 76—102厘米

体重 | 2—6.5千克

分布区域 | 北半球温带、亚寒带等

◎出没地带

高山草原、荒漠、河谷和森林地带

◎最喜欢的食物

雁鸭类、雉鸡类、松鼠、狍子、鹿、山羊、狐狸、旱獭、野兔等

◎保护级别

濒危物种,国家一级保护动物

大型猛禽——金雕

金雕相貌凶狠,身体敏捷有力,头和颈部的羽毛在阳光下发出金色光泽。它白天常在高山岩石峭壁之巅或视野空旷的大树上歇息。发现猎物时,则以每小时300千米的迅雷不及掩耳之势从天而降,双爪像利刃一样刺进猎物的身体,甚至扭断其脖子。

第七章

愤怒的黑长臂猿

扫码即可
声临其境

十几年前的一个七月，我到了海南岛中部的黎母岭。黎母岭是海南岛绵延最长的一组山地，位于岛中部偏西南一带，长约80千米，宽约13千米，海拔1800多米，与五指山隔江相望。山间保留着相对完整的热带景观，森林茂密，奇峰竞秀，风景独特。我在山林间忘情地拍摄着，感受着，每日虽风餐露宿却也乐在其中。

深山中人烟稀少。一天中午时分，我意外地遇到了一位上了年纪的黎族老人。老人对我很热情，带我到他的住处歇息。

刚在竹床上坐定，一只小猴子从里屋跳出来，披着棕黑的毛，有七八十厘米高，大脑袋，一对滴溜转的黑眼珠，透着一副精灵古怪的样子！我越看越不对头，这小家伙腿短，尾巴退化，前肢却出奇的长，站在那里，手掌能垂到地上。经老人介绍，我才知道这不是猴子，而是一只黑长臂猿。

在一般人看来，猿和猴差别不大，其实在与人类的亲缘关系上，猿比猴近得多。黑长臂猿是海南岛特产，也是中国仅有的几种猿类之一。几百年前，它们曾广泛分布于海南岛各地，到20世纪80年代时仅剩几十只。其数量越少，越分散，就越易受到天敌和盗猎者的攻击。近年来，国家采取了很多措施加以保护。珍贵的野生动物是森林中的精灵，没有它们的森林，将失去应有的灵动。

老人亲昵地抱住那只黑长臂猿，用低沉的语调说："我粗通医道，经常进山采药。半年前的一天，我在深山里发现它被盗猎者的捕兽器夹住了一条腿！它好像看出我不是坏人，两眼瞪着我，不住地哀叫，真像个可怜的孩子！我毅然救下了它……这小家伙很通人性，知恩图报，天天陪着我，像我的小孙孙！"

"那以后呢？"我听得入了迷，问道。

"有人找上门来，要出高价收购，被我撵走了；也有人劝我把它送到动物园，可我不愿看它天天被关在笼子里。黑长臂猿是群居的动物，不能没有同伴，大森林里才有它真正的家！我越是喜欢它，就越不忍心让它孤单。于是我就一个人搬到山上住，天天跟着它去山上寻找猿群。我给它取了个名字，叫'归归'。可半年时间过去了，依然没找到！我老了，腿脚越来越不灵便。”

我听后，对这位满脸皱纹的老者产生了由衷的敬佩之情！这半晌，归归一直安静地听着，眼睛眨呀眨的。它能看出我的善意，向我伸出毛茸茸的爪子，我惊喜地与它握了握手。多么可爱又可怜的黑长臂猿！

“大爷，我要在山上转一星期，不如把归归交给我，让我帮它找猿群吧！我一定尽我最大的努力，让它重返猿群！”我有些激动地说。

老人沉吟半晌，紧握住我的手说：“你是好人，归归就托付给你了。我相信你一定能办到！”

接下来的几天，我和归归几乎形影不离。作为灵长类动物，归归相当聪明，也很有悟性。老人的关爱已使它对人类产生很深的信任和依恋，而且我俩好像特别投缘。人与动物之间的情感往往是最简单的，也是最纯粹的，这种情感深深触动着我的内心。

一进入山中，归归时常惊喜万分地跳上一棵大树的顶端，放开喉咙"呜——喂，呜——喂"地叫，声音洪亮，一两千米内都能听见。可它又一次次地跳下树来，脸上写满无奈和沮丧。我完全能理解它的痛苦，试想一下，假如地球上只剩下自己，会是什么滋味？我尽可能地抚慰它，给它最真挚的关怀。

我领着归归不断向人迹罕至的原始林地深入。我觉得原始林地里一定还有黑长臂猿的同伴，哪怕只找到一只也行呀！

大概是连日来劳累过度又加上水土不服，我竟生病了，发高烧。我吃了一些随身带的药，咬着牙坚持。我已经铁了心，不帮归归找到同伴，决不走出黎母岭！一天，我俩正在一座植被比较稀疏的山坡上攀行，走在前面的归归突然惊恐地尖叫了一声，猛地拉了我一把，撕下一截衣袖，旋即迅速跳到近旁的一株蚬树上去了！我大为吃惊，抬眼一看，几乎昏厥！

原来，10米外的杂草丛间，正盘着一条足有碗口粗的眼镜王蛇！它起码有4米长，上半身遒劲地翘起，接近1.5米高，其颈部鼓起，呈扁圆形，与人头差不多大。上面探出弯曲的三角脑袋，蛇信火舌般乱抖，那四五厘米长的毒牙赫然在目！一般的毒蛇体形都比较小，不超过2米长，只有眼镜王蛇例外，它们的毒性和威力难以估量！别说是山外人，就是专门捕蛇的高手听说眼镜王蛇也都会谈蛇色变，决不主动招惹。

我们很可能不慎闯入了这条眼镜王蛇的领地，接近了它的巢穴。这是它绝对不能容忍的，凶猛的攻击已无法避免！看来刚才归归拉我是想让我一起上树逃避，可我哪会啊？

我学过不少预防毒蛇的知识，可都是纸上谈兵。毒蛇似乎都是在地上爬行的，可面前这个巨大而强悍的家伙竟“站”了起来，和我差不多高！

眼镜王蛇发出咝咝的声音向我逼近，我一动不敢动，以为这样它就发现不了自己。当眼镜王蛇离我不到5米远时，它骤然发力，旋风般直扑上来。我惊叫了一声转身就跑，但一切恐怕都太晚了，我仿佛已经感到毒牙扎进了皮肉里……

奇怪，跑了几步并未感到疼痛，莫非这眼镜王蛇发了善心？不可能，我转身观望，只见归归正双爪抓住蛇尾，奋力往蚬树干后拖呢！是它在最危急的时刻跳下树，救了我的命！一刹那，我说不清是什么滋味！我把它当成可爱而可怜的孩子，需要我的保护，没想到它竟这样勇敢……

眼镜王蛇被打了个措手不及，气急败坏地奋力转过身，很快占据了主动位置，又张开大嘴向归归恶狠狠地猛扑过去！归归不敢有丝毫怠慢，松开双掌，疾速蹿上了树！它是"臂行者"，依靠修长、粗壮的双臂在树枝间翻腾自如。我死里逃生，急忙借机撤到稍远处的几块巨石后。

眼镜王蛇不依不饶，竟也爬上了树，向归归步步紧逼。归归不停地荡来荡去，嘴里发出惊叫。它一定是在招呼同伴，可是谁能与它并肩作战呢？

没想到眼镜王蛇在树上行动也很自如，身子在枝叶间蹿来蹿去，甚至可以突然地弹射，跃出两三米远。归归没法与它正面过招，必须保持距离，尽力躲闪。如果这里是密林，它早跃到别的树上去了，可周围很开阔，只有这一棵大树，它无法快速转移。

我站在树下，心急如焚，真想长出翅膀，飞过去助归归一臂之力，无奈病魔折磨得我浑身没有一点力气。这时，归归被眼镜王蛇逼到一根突兀的长树枝上去了。眼镜王蛇尾巴缠住树枝，脖子伸直，封锁了退路。归归被迫移动到枝头顶端，身子剧烈地上下摇晃着！

最后，归归不得不向下跳。这样也好，我想，赶快一起跑吧！我正要去拉归归，却见眼镜王蛇的脑袋穷凶极恶地扑下来，一口咬住了归归的后背，重重的蛇身随即砸下。这个恶毒的家伙早有准备，使出了难度最高的一招！

我眼睁睁地看着眼镜王蛇几厘米长的毒牙嵌进归归的肉里，毒液已注入它的体内！我心如刀绞，眼前发黑。

自然法则是残酷的。毒蛇自古以来就是树栖灵长类动物的天敌，人类天生怕蛇，大概也源于此。树栖灵长类动物见了毒蛇，尽快逃避已是本能。而归归为了救我，竟然与眼镜王蛇短兵相接！取胜几乎是不可能的，这样的结局似乎在意料之中。

“可恨的毒蛇，我跟你拼了！”我几乎丧失理智，挥着柴刀冲过去。归归痛苦地挣扎着，眼睛瞪着我，似乎在说：“千万别过来！”眼镜王蛇见了我，大嘴放开归归，向我扑来，速度快得让我眼花缭乱！我躲不开也不想再躲闪。

千钧一发之际，归归伸出有力的双掌，猛地一把掐住了眼镜王蛇的脖子，并使劲往地上压！眼镜王蛇毫无防备，被掐个正着，疯狂地摆动身子，异常骇人！眼镜王蛇似乎因为气绝而发出吃力的喘息声。也许是因为毒性发作，归归突然松开了手，重重地倒地，眼镜王蛇迅速地逃向了草丛。

我急忙把归归抱到一边，只见它牙关紧咬，嘴巴半张，圆睁双目。我把它抱在怀里，撕心裂肺地呼唤着：“归归，归归，快醒醒！醒醒！”可是归归终究没再动一下，它的眼睛没

有闭上，似乎满怀着对我和这个世界的眷恋。

仿佛一场噩梦，归归永远离开了我！我头昏脑涨地呆坐了两个小时，无法接受这一切！天快黑时，我硬撑着采来芭蕉叶，把归归层层包裹起来挖坑掩埋了。走出很远，遥望着小小的坟头，我依然很悲痛。

我被保护区的工作人员所救，送进了医院。病愈回到都市后，我一直深深怀念着归归，经常失声痛哭，不能自已。前天晚上，我做了一个奇怪的梦，梦见归归进入了一个未知的美丽世界中，那里鸟语花香，果实累累，没有敌害和猎人，它和它的伙伴们无比快乐地嬉戏着。

动物观察笔记

爱合唱的黑冠长臂猿

黑长臂猿是灵长类动物中进化程度较高的类人猿。它们以家族群活动，每个家族占据一片森林作为领地。每天清晨，雌猿先发出漫长、高亢的独唱声，随后雄猿与她对唱或合唱，最后子女们也加入合唱。这种特有的喊叫要持续十几或几十分钟，这是它们保卫自己领地的呼喊，也是对临近猿群的警告。

别名 | 黑长臂猿、印支长臂猿

种属 | 哺乳纲灵长目长臂猿科

体长 | 45—64 厘米

体重 | 7—10 千克

分布区域 | 中国、老挝和越南

◎出没地带

热带、亚热带森林

◎最喜欢的食物

水果、嫩叶、昆虫和鸟卵

◎保护级别

极危物种、国家一级保护动物

世界上最长的毒蛇——眼镜王蛇

别名 | 山万蛇、过山峰

种属 | 爬行纲有鳞目眼镜蛇科

体长 | 3—5米

体重 | 约6千克

分布区域 | 东亚、东南亚和南亚

眼镜王蛇性情凶猛、行动快速，能分泌大量剧毒毒液，比其他眼镜蛇性情更凶猛，排毒量更大。它与眼镜蛇的明显区别是头部顶鳞后面有一对大枕鳞。它体色乌黑，颈部膨扁时有白色的倒V字斑痕，会主动攻击经过它身边的动物。

◎出没地带

草地、空旷坡地、沙漠及树林

◎最喜欢的食物

其他蛇类

◎保护级别

易危物种、云南省二级保护动物

第八章

飞熊决斗虎头海雕

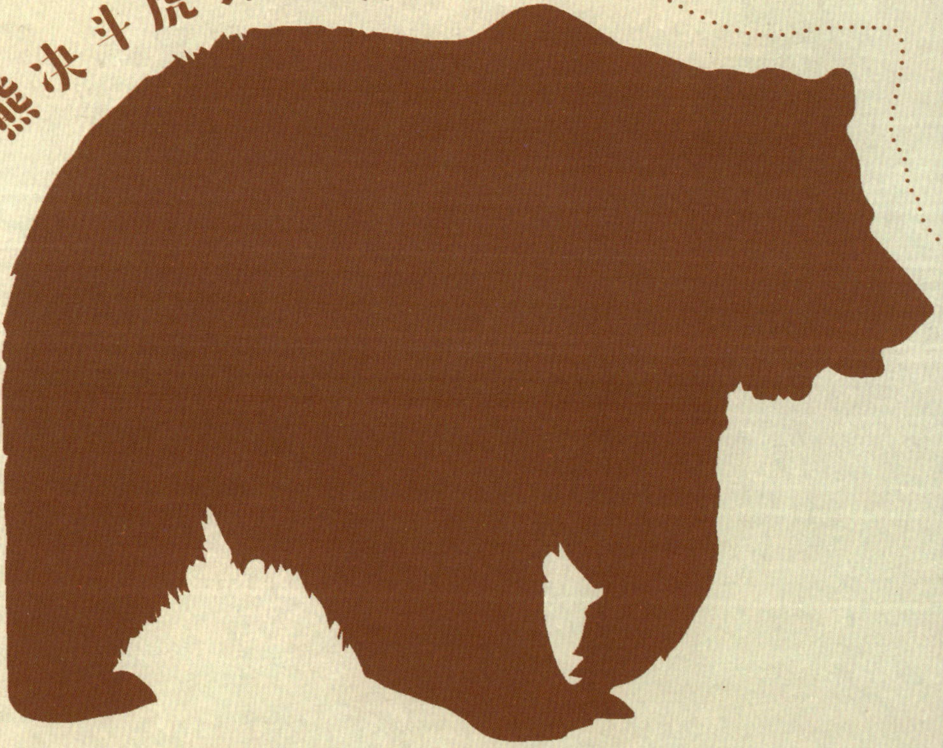

扫码即可
声临其境

那年秋天，我冒着微微的寒气，到黑龙江西北部的额木尔山采访。当地农民发展多种副业，生活变化极大，我觉得一定能写出好报道。

经过乡干部介绍，我来到了以前采访过的农民朋友杨永利的家。他家离村子很远，种植木耳，还养了野猪，日子过得很不错。我决定在他家住一两天，深入了解一下他在发展生产的过程中如何处理与自然环境的关系。

采访进行得很顺利，工作圆满完成。第三天，我按计划到比较原始的山地丛林中拍摄一些照片。杨永利当时特别忙，没法陪我去，他嘱咐我要多加小心。我笑着说："现在哪还有大的野生动物呀？我还真巴不得遇上东北虎、棕熊什么的！可惜没有吧！"他让我带上他家的猎狗。我觉得不熟悉，难驾驭，就拒绝了。我的防身武器是一把猎刀。

我十分喜欢探险，那种紧张和刺激是寻常生活中难得的一种体验。上午8点，我收拾利落，开始了一次独特的徒步旅行。东北林海有其独特的魅力，令人沉醉，红松、云杉、冷杉、水曲柳、黄菠萝、蒙古栎等树木各具风姿。我边走边拍摄，心情非常舒畅。

一路上果然十分安全，只听到很多小型鸟兽的叫声。到了中午，拍摄得差不多了，我找了一块林中空地停下来歇息，准备下午返回。吃过东西，正要在厚厚的松针上躺一会儿，突然，头顶传来嘎嘎的叫声，隐约有一个黑影在空中盘旋。我大惊，抬头看，原来是一只很大的鸟，估计是虎头海雕，两翼伸展有2米多！它长着可怕的弯嘴，爪子看起来十分尖利！我本能地感觉到它就是冲我来的，来者不善，必须赶快到树下躲一躲！于是我立刻起身往林子里跑。

跑着跑着，感觉那只大雕正在低飞追我。它真的要攻击人？太可怕了！我一向提倡保护野生动物，根据我对野生猛禽粗浅的了解，我可能无意中接近了这只大雕的巢穴。它以为我侵犯了它，所以被激怒了。在慌乱中我脚下一绊，竟然摔倒了。可怕的大雕在我后背上方拍动翅膀，并用尖利的爪子试探性地抓我。我吓得大叫："救命呀！"可这是在深山老林，哪会有人来救我？我不敢转身抵抗，仿佛已经听到了死神的脚步声……

脚步声好像并非来自死神，它好像是冲着大雕去的。大雕不得不放开我，与来者激战起来。我暂时摆脱了死亡的阴影，这简直难以置信。我壮着胆子起身观察，发现一只奇怪的动物正跟大雕对峙撕咬。它体长约1米，估计有20多千克重，体毛蓬松，全身几乎棕褐色。它的体形介于熊和貂之间，再仔细观察，还有点像獾……尾巴像貂，叫声有点像狗！真是一种奇特的动物！我好像见过，却一时想不起来。

那只动物相当凶猛，爪子、牙齿异常锋利，大雕有点招架不住，和它一番较量后，急忙嘎嘎叫着迅速飞升起来，战斗停止了。我松了一口气，但马上又紧张起来，地上这只动物显然比大雕还厉害。如果它攻击我，我更是死路一条呀！该怎么办？

地上那只奇怪的动物并没有攻击我的意思，和我保持着一定距离，发出狗一样的叫声。

我紧张而感激地望着它，恍然大悟，这是貂熊呀！它也叫狼獾，是生活在寒带地区的一种非常稀有的动物。中国仅在大兴安岭北部有分布，数量极少。没想到我在野外见到了，它还救了我一命，太不可思议了！

这只貂熊有些眼熟，我并不是第一次见到。我飞快地搜索着记忆，突然想起一件往事。半年前，我就见过一只貂熊！记得当时我正在杨永利家采访，突然有一个人来拜访，说捉住了一只稀罕的动物，要卖给他。因为他当时养猪出了名，大家都知道他有钱，因此采到人参、灵芝之类的都卖给他。我也跟过去看，那人就是捉了一只貂熊，是用笼子捉住的。那人说，这只貂熊老来他家偷吃的，于是精心设置了个圈套，把它活捉了。杨永利仔细看了看那貂熊，说道："这只是半大的，所以让你逮住了。要是再大几个月，你休想抓住！"我知道貂熊是国家保护动物，力劝杨永利买下放生，并拿出身上的几百元给他。最终我们买下了那只貂熊。

我生怕貂熊受伤或生病，建议先养两天。我每天用猪肉喂它。这家伙很聪明，没有胡闹，也许是觉出了我的好意，很顺从地吃肉休息。两天后，我和杨永利把它抬到山上放生了。它重获自由，喜不自禁，很快跑远了。

想着这些，再看着这只貂熊，我想：会不会就是放生的那只呢？可惜实在记

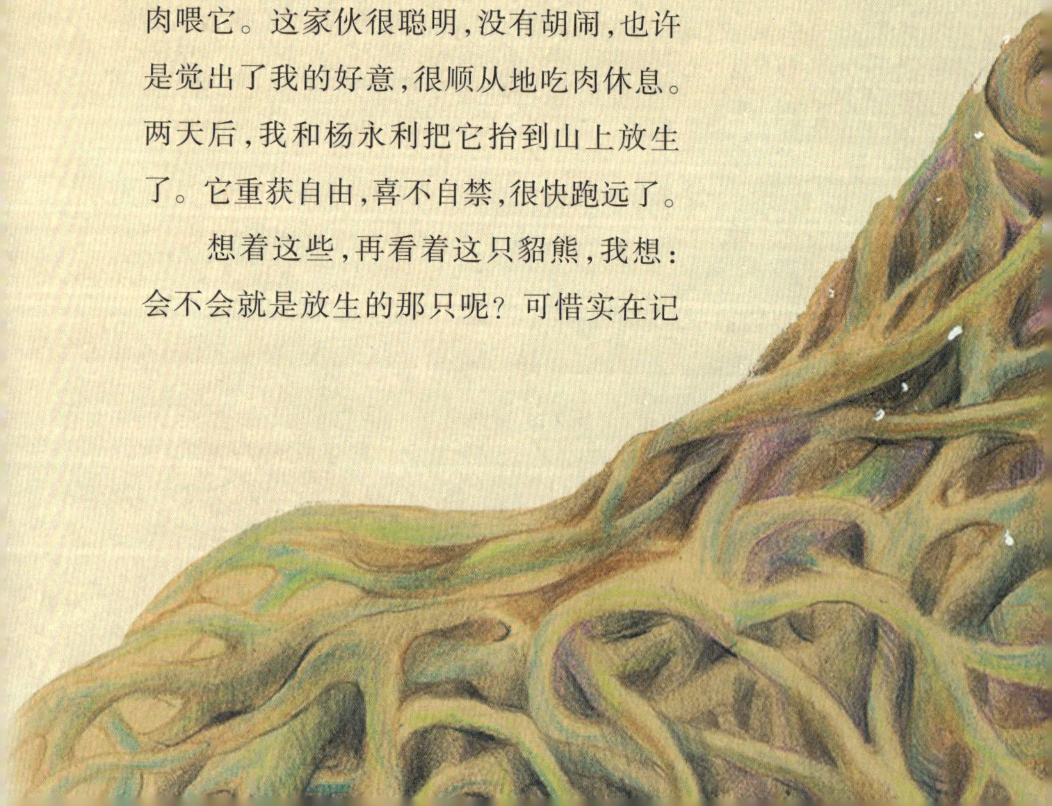

不清了。

突然，貂熊又抬起头，我顺着它的目光往天上看，发现那只大雕并没飞远，又开始试图接近我。它显然不甘心失败——危险还没过去！我急忙跑到几棵大柏树下躲避。天无绝人之路，其中一棵竟有一个大树洞，我急忙钻了进去，完全能够容身，太好了！我还有猎刀呢，这下应该安全了。

那只大雕找不到我，自然把貂熊锁定为它的目标。貂熊没有躲避，因为它没把这个手下败将当回事。那只大雕可能吸取了刚才的教训，没有贸然进攻，而是在离地面四五米的高处盘旋。貂熊不时跳起来，张嘴去咬，却够不着，急得呜呜叫。貂熊是寒带动物，虽然体力强，却很怕热。现在这气温对于它来说算高的，再这么一折腾，肯定热得受不了。果然，它开始呼呼直喘，张开嘴巴散热。这时，空中的大雕趁貂熊疏忽，突然发起攻击，一个俯冲，在貂熊背上狠狠抓了一下。貂熊疼得惨叫了一声，又翻滚身子，后足跳跃着准备反扑。但大雕非常聪明，立即飞起来，让貂熊扑了个空。

虎头海雕的飞翔控制能力极强，可以在空中静止，也可以闪电般飞行，更擅长在水面低空飞行，发现游动的鱼后迅速伸爪入水将鱼抓起。现在它把自己的绝技用来对付貂熊。貂熊没有翅膀，又不甘心认输躲避，因此十分狼狈。

看到貂熊身上被抓得血淋淋的，我心如刀绞，对那只大雕痛恨不已。我终于按捺不住，从树洞里钻出来，挥动猎刀向大雕砍去。大雕吓了一跳，迅速飞起来，暂时放过貂熊。但我同样够不到它，只能乱砍一气。很快，大雕摸清了我的底细，突然在我头顶乱舞翅膀，并嘎嘎怪叫。我当时就蒙了，急忙捂住脑袋，突然感到胳膊疼痛难忍，立刻明白自己根本不是大雕的对手。无奈，我只得弯腰抱头像兔子一样又钻进洞去。

从洞口向外看，大雕没追过来，但貂熊仍在原地。我着急地叫起来：“你也快点躲起来吧！”貂熊显然不想在大雕面前当缩头乌龟。那只大雕也无法立即取胜，它飞到高空中，拉长声音叫起来。过了一会儿，天空中又飞来一只大雕！它们一起盘旋着接近地上的貂熊。我看得瞠目结舌，心想：这下真糟了！

同样令我惊诧的是，貂熊仍然没有多少惧意，不时跳起来，龇牙咧嘴，好像在说：有本事你们下来，咱们好好打一场！貂熊不畏强敌的气概真让我钦佩。

两只大雕显然不会到地面和它决斗，在一番试探性的进攻后，突然一起俯冲而下！一只大雕用爪子抓住了貂熊颈部的皮毛，另一只抓住了貂熊臀尾部的皮毛，它们一起用力，把貂熊拖离了地面。貂熊虽然有劲，但对此也无能为力了。它的四肢都比较短,够不着身上的大雕。它就这样被完全控制了!两只大雕竟然会想出这样的办法,真是聪明。这两只大雕配合很默契,它们可能以前曾一起抓捕过大的野兽,所以才有了如此的配合度吧。

貂熊的处境太危险了。接下来,大雕的惯常做法是把猎物提到很高的空中,然后松开爪子。猎物会被摔死,然后它们就可以美美地饱餐一顿了……我急忙从树洞里出来,抬头看着貂熊被抓得越来越高,眼睛发花,大脑一片空白!

开始,貂熊还在挣扎,后来几乎不动了,仿佛已经听天由命……最后,它被提到了几十米高的空中。两只大雕可能比较累了,也可能觉得这个高度足够了,它们突然一起松开了爪子,貂熊立即开始下坠!

我瞪大眼睛看着我的貂熊朋友,它好像比刚才膨胀了许多……这让我有些诧异,以为是幻觉呢,但这是真的。它下坠的速度似乎并不快,仔细看,它两肋至后腿根部的十几厘米长的毛,加上蓬松的尾毛都炸开了,宛如飞翔——它的确有些像在飞!我激动万分,这样的坠落速度显然不至于被摔得很惨!

貂熊的运气很好,没有直接落到地上,而是落到了一棵大树的树冠上。这是一个很好的缓冲。随着一阵树枝的断裂声,貂熊掉到了地上,躺着不动了。我心里又是一紧,毕竟从这么高的地方坠落，它恐怕受伤了吧。我刚要过去救它，忽听头上嘎嘎直叫，两只大雕都飞下来了。我知道无法跟它们抗衡，只得又钻进了树洞。

两只大雕见貂熊躺在地上一动不动，喜不自禁，过了一会儿，它们落到地上，慢慢靠近貂熊，准备大吃一顿。我真想扑过去解救我的好朋友，但心里隐隐觉得有点蹊跷：貂熊是非常顽强的，刚才也没怎么摔着，怎么就会昏迷过去呢？

两只大雕见貂熊始终一动不动，放松了警惕，准备啄食貂熊的身体。我瞪大眼睛看着，貂熊竟然还是不动。莫非它真的已经摔死？我有点傻眼了，说不清心里是什么滋味。

但接下来发生的一幕令我狂喜不已，貂熊突然猛地跳起，一口咬住一只大雕的脖子！它的动作太快了，牙齿又如此锐利，那只大雕的脖子应声而断，头颅掉在地上，鲜血喷涌。另一只大雕发出恐惧的叫声，立即扇动翅膀飞了起来，转瞬离地两米多。为了逃命，它的反应很快。但貂熊反应也不慢，猛地一蹿，竟然骑到了大雕的背上，爪子抓住了它的翅根。大雕疼得惨叫，却无法反抗，只能继续往高处飞。貂熊毫不手软，连续几次撕咬，猛击大雕的要害。很快，大雕飞行动作走形，开始缓缓坠落，最终瘫在地上。貂熊一口咬住它的脖子，彻底解决了它。

整个过程也就几分钟，刚才还持战胜者姿态的两只大雕顷刻间身首异处，惨死在地上，而貌似任人宰割的貂熊却取得了全胜，真是令人惊叹！毫无疑问，貂熊刚才是在伪装，故意显得不堪一击，让两只大雕彻底放松警惕。时机成熟后，它发起猛烈、急速、致命的攻击。貂熊不但勇猛，而且相当聪明，充满智慧！

我脱离了危险，心里说不出的喜悦和轻松。同时还亲眼看见了一次难得一见的鸟兽大战，真是不虚此行！我感激地望着那只智勇双全的貂熊，心里钦佩不已。这才想起它被动物学家称作“寒带动物公敌”，果然名不虚传，真有两下子！这么厉害的动物竟然不曾与人为敌，今天对我这般友好，令人感慨不已。

貂熊的伤不是很重，加上它有很强的自愈能力。休息了一会儿，它好像就没什么事了，开始津津有味地吃起雕肉，不一会儿就吃完了一只，肚子也鼓起来了。它吃不下了，就在另一只死雕周围撒了一圈尿。据说它的尿很神奇，别的动物闻了就不会来吃它的猎物了。等它饿了，还能回来吃。它又转了一会儿，才慢慢地离去了，不见了踪影。

一切都结束了，我感觉自己像做了一个梦，这才想起没把刚才那惊奇的一幕幕拍下来，特别是没能给我的貂熊朋友拍张照片，真是太大的失误！都怪自己太紧张、太兴奋了。

我收拾好东西，返回了杨永利家，把自己的神奇经历告诉了他。他张大了嘴巴，连连惊叹。我说："真没想到那只貂熊会挺身而出救我。"

杨永利说："我估摸着它就是以前咱们放生的那只，因为貂熊数量很少，在这一片林子里只会有一两只！貂熊是非常有灵性的，当初咱们对它好，它就对人产生了好感，说不定还记得你的气味呢。也算你们有缘，它正好路过，并且肚子饿，而雕肉呢，对它来说也是一种美味！"

我说："不管怎么说，它救了我一命。如果咱们当时不放生那只貂熊，谁能救我呢？对了，貂熊被大雕抓起飞得那么高，掉下来竟然没事。它好像也在飞。作为一种陆上兽类，这太神奇了吧！"

杨永利说："你不知道，貂熊在我们本地的绰号就叫'飞熊'！它两肋至后腿根的毛很长，如同围着一圈长长的'毛裙子'，尾毛也很长、很蓬松，从高处落下时能飘起来，就像在飞一样！这是它的拿手绝技之一。即使从很高的山崖跳下也不会摔死，能够逃避猛兽的追击或抄近路追击猎物。"

"貂熊太神奇了！"我再次情不自禁地赞叹道，"我一定要让更多的朋友知道它，了解它！"

杨永利说:“我希望更多的朋友能亲眼看到野生的貂熊!”

我俩会心地大笑起来。

凶残的北极狼獾

生活在极寒之地的狼獾极其凶残，它们游荡在丛林中，像一只只神出鬼没的食肉怪物。一旦盯上猎物便会穷追不舍地紧随其后，并将其分解。把吃不完的食物埋藏于雪下用作过冬的粮食。

种属 | 哺乳纲食肉目鼬科

体长 | 约1米

体重 | 约25公斤

分布区域 | 北极、亚北极地区

◎出没地带

北极边缘及亚北极地区的丛林之中

◎最喜欢的食物

驯鹿、旅鼠、浆果等

气度不凡的虎头海雕

别名 | 虎头雕、海雕、羌鹫

种属 | 鸟纲隼形目鹰科

体长 | 90—100厘米

体重 | 5—10千克

生活区域 | 中国、日本等地

虎头海雕是海湾上空最大型的猛禽，有黄色的特大鸟喙，叫声深沉而嘶哑，能使人联想起猛虎的狂啸。飞行缓慢，常在空中滑翔、盘旋；或者长时间站在岩石岸边、沙丘上，极为机警。

◎出没地带
海岸及河谷

◎最喜欢的食物
鱼类，中小型哺乳动物以及甲壳类动物等

◎保护级别
易危物种、国家一级保护动物

第九章

最珍贵的礼物

扫码即可
声临其境

这是一个与采药有关的故事。

记得那是暑假的一天，我又到山上去采药。因为稀有的药材大多生长在人迹罕至、十分险峻的地方，为了采到它们，我进入了以前没有到过的深山中。那天收获很大，下午两点多，我便背着药篓开始下山。

当我穿过一片灌木丛时，猛觉前方草木唰唰作响，定睛一看，原来是一条很粗的蟒蛇正在十几米外翘着半截身子！它全身的鳞片上有云豹状的大块斑纹，油光闪亮，大嘴张开，吐着信子。我惊骇万分，吓得差点跌坐在地。但我很快冷静下来。我平时胆子还是很大的，而且听老师在生物课上讲过，这种黑尾蟒虽体形巨大，但不会主动袭击人，它们饱食后可以很长时间不再进食，也不会因饥饿而发狂。我打算慢慢离开。

我躲在一边观察前面的黑尾蟒。没过几分钟，那条黑尾蟒竟向我这边游过来，速度很快，还发出“咝咝”的声响。黑尾蟒擅长捕食，能将猎物一口咬住，用身体紧紧缠裹，直到猎物窒息而死，再将其吞食。由于它的下颌骨与头骨的关节结构很特殊，嘴能张开到130度以上，咽喉也富有弹性，胸部没有胸骨，体壁可以自由扩张，所以即使比它的头大好几倍的动物也能被吞咽下去。虽然书上说它们不吃人，可也难免有特殊情况，莫非这条黑尾蟒要攻击我？

这么一想，我的汗毛竖立，两腿发软。虽然我手里有一根栎木棒可以当武器，但我已吓蒙了，不知怎样才好。我的体重还不到五十千克，这条黑尾蟒完全可以把我吞下肚去。

黑尾蟒张着嘴径直扑来，我以为自己必死无疑了。不知为什么，它却突然停了下来，只对我不停地晃动脑袋，好像挺难受的样子。我马上意识到，这是条病蟒，也许我还有一线生机。我转身想跑，但黑尾蟒已用灵活的长尾巴拦住了我的退路。

黑尾蟒那布满斑纹的身上有一处明显凸起，分明是刚吞吃了什么，正在消化。它应该不饿，那为什么要挡住我？我感觉黑尾蟒并无恶意，恐惧减轻了。它依旧张着大嘴，使劲摆动，好像有什么东西要吐却吐不出来。我恍然大悟，它肯定吃了有毒的东西，感觉很难受，想找人帮忙弄出来。

我来不及多想，赶紧从药篓子里拿出几块石蒜的鳞茎，掰碎后，朝黑尾蟒的嘴里扔去。它接住，很快咽了下去。石蒜的鳞茎含十几种生物碱，有解毒、催吐的功效。

果然，没过多久，黑尾蟒便剧烈地呕吐起来，先是吐了一些黄色的黏液，最后总算把肚里的疙瘩吐出来了。我一看，原来是一只包着消化液的勺鸡（一种野鸡），已经消化了一部分。当地不少非法之徒经常在山上下毒药盗猎动物，估计这只勺鸡就是被药死的，黑尾蟒误吞了它，间接中毒，感觉不对劲，才想吐出来。

黑尾蟒吐出毒鸡，感觉轻松多了。我好事做到底，又给它喂了一些鸢尾、绶草、颠茄等草药，这些药具有很好的消炎、镇痛、解毒、麻醉的作用。黑尾蟒吞下后，不适的症状很快消失。它渐渐安静下来，大约又过了二十分钟，它竖起身子，在我跟前“端详”了好一会儿，便返身爬走了。

我真像做了一个梦，急忙背起药篓，飞快地跑下了山。回到家里，我结结巴巴地把发生的一切告诉了爸爸。他说：“那八成是蛇精，太险了！这几天你可别上山了，以免被它摄走了魂。”我听了不以为然，那条黑尾蟒并没有伤害我的意思啊。

过了七八天，我又试着上山转了转，一切正常，于是我如往常那样去采药。又过了半个月，妈妈突然病倒了，脸色

蜡黄，两眼无神，爸爸决定带她到城里去看病，让我一个人看家。

晚上，我早早熄了灯，插上门，躺在了床上。家里的老鼠较多，一到晚上就闹腾，搞得人无法入睡。今夜，它们闹得格外欢，简直造反了。

大约十一点钟，我隐约觉得有什么东西爬上了我家的房顶，老鼠们的嘈杂声随即停止。一定来了什么可怕的家伙。

我瞪大眼睛望着窗户。由于天热，没关窗户，我刚要过去关，猛然见一张大嘴从房顶垂下来，正与我面对面，样子极为恐怖，我吓得大叫一声，几乎昏厥！我闭上眼睛，以为自己会被这张嘴吞下去，但等了一会儿，丝毫没有痛觉，壮胆睁开眼睛，自己好好的。往身后看，一条大蟒蛇竟然进了屋，嘴里叼了一只老鼠，正在吞咽。我觉得它非常眼熟，因为印象太深刻了，这就是上次我救助的那条黑尾蟒。黑尾蟒吃老鼠很正常，但到人的家里来捕捉可谓稀奇。它是有灵性的，绝非寻常动物，它一定记得我，我十分激动。黑尾蟒钻来钻去捉了不少老鼠后离去了，我还真有点舍不得。

爸妈一星期没回来，黑尾蟒每晚都到我家来，老鼠很快就绝迹了，我非常高兴，跟黑尾蟒也混熟了。虽然它外表还是那么恐怖，可我一点也不觉得害怕了，甚至敢轻轻抚摸它凉凉的身子。我知道它对我充满善意，这是多么奇妙，多么不可思议！

爸妈回来后，黑尾蟒就不到我家来了，我心里空落落的。接连几天，我到山上打猪草，到处寻找，希望能遇见它，却未能如愿。山林这么大，我该去哪里找它啊！我彻底失望了，甚至怀疑自己只是做了一个梦，一切只是幻觉，黑尾蟒永远不会出现了。

讨厌的老鼠又出来作乱了，我心情很低落。记得那天是1991年8月11日，我的日记里记下了这一天。晚上，我安顿好妈妈，回自己的小屋睡下了。天已经很晚，我却睡不着，老鼠窜来窜去，真烦人。大约十二点钟，我迷迷糊糊刚要进入梦乡，隐约觉得窗户有响动，定睛一看，我的天，黑尾蟒又来了！我一阵狂喜，像见到老朋友一样，上前拍了拍它。我们亲热了一会儿，它又开始捉老鼠了，我美滋滋地躺在床上观战。它捉了几只老鼠吞下去，身子上很快鼓了几个包。

就在此时，爸爸突然闯了进来。他手持一根粗木棒，大吼："娃，快跑，爸爸来了！"说着向黑尾蟒扑去。爸爸见多识广，以前还跟邻村的老猎人学过捕蛇的绝技。他此刻是有备而来，抡起木棒一打，黑尾蟒很快就把身子缠在上面，爸爸则迅速抓住了它的脖子。黑尾蟒刚吃饱，动作有些迟缓，虽竭力反抗，但最终斗不过艺高胆大、手脚利索的爸爸。爸爸把它塞进一个铁笼子，关了起来。

我吓傻了，一直呆呆地看着，想阻止，却也担心爸爸有

闪失。现在爸爸没事，无辜的黑尾蟒却成了阶下囚。我立刻说：“爸爸，你误会了，它没有恶意，它是来咱家捉老鼠的。它是我的朋友，快放了它吧！”

但是爸爸怎能理解，以为我惊吓过度，神经错乱了。我强迫自己镇定，尽量用平缓的语气跟他解释：“如果它想伤害我，我早就没命了，刚才你在外面也看到了，它只是来吃老鼠的。”

爸爸这才喃喃道：“真有这样的事？太稀奇了。不过黑尾蟒就是黑尾蟒，过去不伤人不代表以后不伤人。既然捉住了，明天就去镇上卖了。如果它真这么神，还能卖个大价钱呢！”

我快急哭了，说：“它是我的朋友，你怎么能这样？求求你，放了它吧！”

爸爸也急了，说：“家里这么困难，它能卖几百块钱呢！再说你明年考上大学，也得花钱呀。”

我说：“我多采点草药，一定能挣出学费的。如果实在没钱，我就不上大学了。你一定要把黑尾蟒放了！”

爸爸呆住了，他知道上大学是我多年的梦想，想不到我竟能为了它而放弃上大学，可见我是认真的。他最终让步了，叹了口气说：“真拿你没办法，那我这就放了它吧！不过你可得保护好自己，千万别出事哦。”

我大喜过望，生怕爸爸反悔，便抢先上去把黑尾蟒放出来。它受惊不小，很快爬走，消失在夜色中。

几天后，我又去山里采药，不知不觉又到了与黑尾蟒初次巧遇的地方，想起那一幕幕，心中百感交集。突然，前方的草丛沙沙直响。啊，黑尾蟒竟然出现了！它轻轻爬到我面前，立起上半身。我激动地抚摸它，它没有误会我，真好，我们还是朋友。

黑尾蟒扭动着身子，也很高兴的样子，它一直闭着的嘴张开了，吐出一块圆圆的小石头给我。我非常惊诧，忙接过来一看，石头呈浅褐色，与一块圆鹅卵石区别不大。黑尾蟒为什么衔着它呢？我想把石头放回它嘴里，它却没接受，直晃脑袋。我明白了，它是把这块石头送给我了。虽然只是一块很不起眼的石头，但它这是向我表示感谢呢！我很感动，连说谢谢。

过了一会儿，它转身爬走了，我也高高兴兴回了家。我把那块石头放在书桌上，看着它就能想起黑尾蟒。晚上熄灯睡下，我忍不住又起身看了一眼书桌上的石头。不看不要紧，这一看让我惊诧不已，那块石头竟然在闪闪发光，虽然属于冷光，但也相当明亮。难道这就是传说中的夜明珠？怪不得黑尾蟒把它送给我，它当然不会是一块普通的石头。我仔细端详着，心中更有说不出的滋味。

我知道这也许是相当值钱的，但我不想把它卖掉。这块石头代表了黑尾蟒和我的友谊，我一定要好好保存。我没敢告诉爸爸，悄悄把它收藏起来，只是偶尔在夜里拿出来欣赏一番。从此，我贫寒的生活多了许多明亮的色彩，我学习格外努力，每天都充满希望。

第二年春天，好几次我去山上试图找它，却无功而返。我只有在心里默默地祝福它，希望它平安。

高考结束，我被一所名牌大学录取，我的梦想终于实现了。但每年一二千元的学费却像一块大石头压得我们一家人喘不过气来，何况妈妈还生着病。

我思前想后，决定卖掉那块石头。现在是我最困难的时候，我想黑尾蟒知道了也能理解的。即使没了那块石头，我们的友谊一直都在。

一天晚上，我拿出石头把这件事告诉了爸爸，他惊讶得不得了，连说："老天有眼，老天有眼，这下咱全家有救了！"

第二天，我和父亲拿着石头来到省城，找到了古玩艺术城的一家奇石店。老板仔细鉴定后，又听了我们的讲述，确认这就是一颗罕见的夜明珠！经过一番讨价还价，老板当场拿出三万元钱和我们成交了。

拿着沉甸甸的三万元钱，我和爸爸都很激动，家里的一切问题都解决了。

我顺利地完成了学业，参加了工作。我曾多次到山上寻找，希望能再见到那条黑尾蟒，向它说声谢谢，但很遗憾，我再也没见过它。我只能默默地为它祈祷，愿它在自己的乐园里好好活着……

此后，我的工作和生活都比较顺利，可以说，基本告别了贫困。一年秋天，我和朋友小刘开着一辆越野车沿青藏公路自驾旅行。我们在楚玛尔河沿岸下了公路，沿河谷向西行驶，准备到可可西里的多尔改错湖探险观光。

沿途基本就是无人区了，高原河谷地形复杂，根本没路，车因此开得很慢。头一天很顺利，第二天下午一不留神，车竟然陷在了流沙中，怎么也开不出来。我和小刘只好下来想办法。突然，小刘叫道："妈呀，有狼！跑过来了！"我大吃一惊，忙顺着他指的方向看去，果然，一头灰黑色的狼慢慢向我们靠近，看上去还挺凶的。小刘说："一般的野生动物都是很怕人的，它这个样子肯定有问题。如果再呜呜一叫，招来同伴，我们可就要被狼群包围了！"

他这一说，把我吓得够呛，真是祸不单行。我俩急忙钻进车里，关严车门。那头狼很快跑到了车子边。

我俩紧张万分，如临大敌，准备实在不行就抄家伙下去决一死战。但我仔细观察，觉得这好像不是狼，倒像一条狗，毛色灰黑带黄，腿不是很长，尾巴翘得高高，嘴岔也不深。这是狗！我跟小刘一说，他也有同感，我俩这才松了一口气。

那的确是一条狗，根据我多年的养狗经验判断，它对我们还很友好，不住地摇尾巴，眼神也流露出交朋友的意思。也许它和主人失散了，肚子饿了，想找我们要口吃的吧。既然遇上了就是缘分，我把一根香肠扔下去。狗嗅了一会儿，果真吃了下去，看来还很信任我们。

吃完香肠，它仍不离去，还眼巴巴地看着我们。我说："这狗没准有什么事求咱们，也许他的主人遇难了，咱们去

弄个究竟。”

小刘起初很担心，在我的鼓动下，才勉强同意了。我俩壮着胆子打开车门，那条狗果然没有任何要伤害我们的意思，相反尾巴摇得更欢了。车子一时弄不出来，我俩就跟着它往前走。

大概走了有三四千米路，已经看不清身后的车子，地上没有人的足迹和车印，只能看见动物留下的脚印。我的心里有点发毛了，这条狗到底要带我们去哪呀？突然，狗冲我们叫起来，向前望去，几十米外的地上躺着一个人。

我和小刘仍很谨慎，生怕上当，小心翼翼地过去一看，那个人已经昏迷不醒，显然是受了伤，流了很多血。或许他就是狗的主人。这条狗费尽心力把我们引来，就是为了救它落难的主人！

小刘惊叹道："好狗！如果我有这样一条狗就好了。"

我俩立即对躺在地上的人进行检查和抢救。他穿得很破旧，不像城市来的。可可西里地区的金矿是很有名的，以前曾有很多人来淘金，后来国家大力监管，局面得以控制，但仍有少数人来这里冒险。这个人很可能就是一个非法淘金客。我俩没带药品，忙活了半天，仍无法使他清醒过来。高原不比内地，一点感冒之类的小病就可能引起肺气肿，会要了人命。这个人受伤很重，又是一副营养不良的样子，估计在劫难逃了。

但总不能见死不救呀！和小刘商议后，我们决定把他抬到车上，然后送到格尔木抢救。我俩体格都很健壮，用地上的羊皮毯兜着那人，一前一后顺原路往回走。

那条狗一直在我们身边跑来跑去，不时发出呜呜的叫声，应该是非常高兴。狗是有灵性的，知道自己的主人有救了。

我俩抬着那人走了不到五百米就累得不行了，呼呼直喘，感觉肺都要炸了。如果我俩一不留神染上病，可就麻烦了。我不时地问自己到底有没有必要救这个人呢？也许半路上他就死了……

正在犹豫，那条狗叫了几声后，竟转身往回跑，很快就不见了。小刘说："得，瞅见了吧，它把主人交给咱们，自己开溜了。唉，狗就是狗呀，不能跟人比。"

我俩气喘匀了，刚要抬起那人准备走，远远看见那条狗又跑了回来。狗来到我俩跟前，嘴里竟还叼着东西，拳头大小，像块石头，它把那东西放到我俩跟前。我伸手去捡，感觉特别沉，仔细一看，虽然外表很脏，但使劲一擦就能看见里面的质地和色泽，黄乎乎的。小刘惊叫道："妈呀，是金子！"

我俩又研究了一阵，确信那就是一大块金子，不由欣喜万分。这事真是稀奇，狗竟能做出如此匪夷所思的事。静下来一想，也许它是见我们抬得辛苦，所以跑回去拿金子给我们。这狗简直快成精了！这块金子估计是他主人的，他之所以受害，大概也跟这块金子有关。

这块金子能值多少钱，我俩并不关心，让我们惊叹的是这条深通人性、如此仁义的狗。

我俩抖擞精神，抬起那人继续走。刚走了一会儿，狗突然发出怪异的吠叫。有情况！我俩停下来一看，后方竟又跑过来几只动物，很像是狼。妈呀，看样子不可能是狗了，我们离车又这么远，这回可真麻烦了。虽然狗不停地叫，但那几个家伙仍跑到了近前。看清了，个头比狼小，毛色棕黄，嘴巴尖，不是狼，应该是三只狐狸。前几天听驴友说，青藏高原上有一种藏狐，既凶猛又狡猾，人如果在高原迷路，极有可能遭到攻击……

小刘说：“准是这个受伤的人把藏狐招来的，他身上的血腥味太大了。这下咱们做好事把自己搭进来了吧，藏狐会连咱俩一块吃了。不过如果放下这人赶紧跑，也许还有救！”

我一时没了主意。这时，藏狐已经离我们很近了，狗不住发出狂吠，浑身的毛都炸了起来。它是在向藏狐示威，发出最严厉的警告。

三只藏狐当然不肯示弱，一起猛地向狗扑去，那架势太吓人了。我俩吓得脸色惨白，急忙往远处躲。

狗没有和藏狐们硬碰硬，急忙闪开了，往与我们相反的方向跑。藏狐不依不饶，吼叫着在后面追。估计狗是想把藏狐引开吧。但藏狐追了十几米就不追了，又转身向地上的伤者跑去。本来狗可以迅速脱身，保住性命，然而它却毫不犹豫地加速赶上来，猛地一跃，把跑在后面的一只藏狐扑倒，并在它脖颈上狠咬。

我在远处看着，心中一震，好勇猛、好果断，动作干净利索，极具杀伤力！那只藏狐没来得及反抗就完蛋了。剩下的两只藏狐惊惧片刻后，冲上来帮忙，左右夹击，对狗猛扑猛咬。场面一时大乱，耳边怪叫和惨叫声不断，甚至能看见血在空中飞溅，战斗太惨烈了……

最后，三只动物都遍体鳞伤、血肉模糊地倒在地上，已经分不清谁是谁了。我和小刘看得目瞪口呆。狗竟然和三只藏狐打了个平手，现在即使藏狐没死，也不可能对我们和那个伤者构成威胁了。

狗为了保护主人，真是豁出去了。我俩凑过去，分辨出了那条狗，它已经不能动弹，身下有好大一摊血……我俩怀着既悲痛又崇敬的心情，默默地看了一会儿，赶紧抬起那人疾走。这里可不能久留，不知道还会发生什么事。

我俩一鼓作气回到车上，这才算松了一口气。我们赶紧给伤者进行了简单的消毒处理并对伤口进行了包扎。他终于清醒了过来，我俩十分高兴。他说了自己的情况，他是甘肃六盘山区的农民，和几个同乡跑到这里来淘金。但来了才知道，这里根本不是他们想象的那样有很多黄金。经历种种磨难后，同乡们都跑了，只剩下他一个。他不死心，最后竟然真的找到了一大块金子。他想尽快返回，却在前几天深夜遭到几名歹徒的袭击。他预感到危险，让狗叼着金子跑了。几名歹徒只抢到很少一点金沙，便对他疯狂毒打，但他宁死也没唤回狗。

我告诉他，就是他的狗把我们引过去救他的，听了我的话，他的眼泪唰唰地流下来。我把那块金子还给了他。在他的再三追问下，我才告诉他爱犬惨死的情况，他差点又昏过去。

我说："你的狗太忠诚、太勇敢了，它是我见过的最仁义的狗，你作为他的主人，应该感到骄傲。"

他说："谢谢你们救了我，这块金子送给你们，以表达我的感激之心。我的狗的确是最好的，你们知道吗，其实我是几个月前才碰到它的。当时，他的主人正绑着它，准备杀死它，是我用一大块腊肉和三百块钱救了它，那可是我身上的

全部家当了。我不是什么大好人,但并不后悔当时这么做。那人把狗放了。狗并没跑多远,就来找我了,我收留了它。狗十分听话懂事,救过我好几次。我越来越喜欢它,给它取名叫花花。花花十分聪明,嗅觉灵敏,竟帮我找到了这一大块金子,这是每个淘金者梦寐以求的。”

我听了更加感慨不已,真是一段感天动地的人犬奇缘。

我们把车从流沙中弄出来,一路赶往格尔木市,将那人送进医院。经过抢救,他脱离了危险,我们一直照料他,直到他康复。

我们由陌生人变成了好朋友,后来还一起去花花遇难的地方进行了祭奠。

十几年的时间,经历了很多,也遗忘了很多,但花花的形象一直刻在我脑海中,怎么也忘不掉,它只是一条不会说话的狗,却让我懂得了很多。

动物观察笔记

吃到撑的黑尾蟒

黑尾蟒动作迟缓，每次进食大型猎物后就更不想动了，如果勉强行进，它的身体可能会被体内未消化的猎物的坚硬部分撕裂。因此，如果黑尾蟒在进食的时候受到威胁，它可能会将已吞下的食物呕吐出来，让身体重新灵活起来，以便逃走。另外，在进食过大型猎物后，黑尾蟒可能会停食数周，最久可达两年。

真名 | 印度蟒

种属 | 爬行纲有鳞目蟒科

分布区域 | 南亚及东南亚

体长 | 约4米

体重 | 30—60千克

◎出没地带

草原、湿原、灌木林、岩山、树林及河谷

◎最喜欢的食物

哺乳动物、鸟类及爬虫类

◎保护级别

国家一级保护动物

真名 | 西藏獒

别名 | 藏狗

种属 | 哺乳纲食肉目犬科

体长 | 约1.3米

体重 | 约60千克

分布区域 | 青藏高原

◎**出没地带**

高原

◎**最喜欢的食物**

兽骨

藏獒性格刚毅，力大凶猛，对陌生人充满强烈的敌意，对主人却俯首帖耳，擅长看家护院、牧马放羊。它智商高，判断能力强，记忆力惊人，能解主人之意，忠心护主，是游牧民族的最佳保护犬之一。一些西方人在认识了藏獒的神奇后，称其为“东方神犬”。

忠心护主的藏獒

动物观察日记

观察时间

观察地点

名字

喜欢的食物

它是

☐ 哺乳类 ☐ 鸟类 ☐ 鱼类 ☐ 贝类 ☐ 昆虫

☐ 其他

画一画

小知识点

◎它有什么装备

◎它有什么小秘密

动物观察日记

观察时间

观察地点

名字

喜欢的食物

它是

☐ 哺乳类　☐ 鸟类　☐ 鱼类　☐ 贝类　☐ 昆虫

☐ 其他

画一画

小知识点

◎它有什么装备

◎它有什么小秘密

动物观察日记

观察时间 ______

观察地点 ______

名字 ______

喜欢的食物 ______

它是

☐ 哺乳类 ☐ 鸟类 ☐ 鱼类 ☐ 贝类 ☐ 昆虫

☐ 其他 ______

画一画

小知识点

◎它有什么装备

◎它有什么小秘密

动物观察日记

观察时间

观察地点

名字

喜欢的食物

它是

☐ 哺乳类　☐ 鸟类　☐ 鱼类　☐ 贝类　☐ 昆虫

☐ 其他

画一画

小知识点

◎它有什么装备

◎它有什么小秘密

动物观察日记

观察时间

观察地点

名字

喜欢的食物

它是

☐ 哺乳类 ☐ 鸟类 ☐ 鱼类 ☐ 贝类 ☐ 昆虫

☐ 其他

画一画

小知识点

◎它有什么装备

◎它有什么小秘密

动物观察日记

观察时间 ____________________

观察地点 ____________________

名字 ____________________

喜欢的食物 ____________________

它是

☐ 哺乳类 ☐ 鸟类 ☐ 鱼类 ☐ 贝类 ☐ 昆虫

☐ 其他 ____________________

画一画

小知识点

◎它有什么装备

◎它有什么小秘密

图书在版编目（C I P）数据

愤怒的黑长臂猿 / 马文秋著 . -- 杭州 : 浙江教育出版社 , 2020.6
（马文秋奇趣自然大冒险系列）
ISBN 978-7-5722-0163-9

Ⅰ . ①愤… Ⅱ . ①马… Ⅲ . ①故事—作品集—中国—当代 Ⅳ . ① I247.81

中国版本图书馆 CIP 数据核字 (2020) 第 061211 号

马文秋奇趣自然大冒险系列

愤怒的黑长臂猿

FENNU DE HEICHANGBIYUAN

马文秋　著

责任编辑　李晓鹓
美术编辑　曾国兴
责任校对　池　清
责任印务　陈　沁
内文插画　赵　燕
封面设计　乐读文化
出版发行　浙江教育出版社
（杭州市天目山路 40 号　邮编：310013）
激光照排　杭州兴邦电子印务有限公司
印　　刷　浙江新华印刷技术有限公司
开　　本　890mm × 1240mm　1/32
印　　张　5.25
字　　数　106 000
版　　次　2020 年 6 月第 1 版
印　　次　2020 年 6 月第 1 次印刷
标准书号　ISBN 978-7-5722-0163-9
定　　价　29.80 元
网　　址　www.zjeph.com